신석정 문학 연구

국립중앙도서관 출판시도서목록(CIP)

신석정 문학 연구 / 오택근 지음. -- 서울 : 국학자료원, 2003
   p. ;   cm

ISBN 89-541-0137-2 93810

811.609-KDC4
895.71509-DDC21   CIP2003001450

신석정 문학 연구

오택근

국학자료원

이 책은 필자가 97년도에 연구년을 맞이하여 신석정에 관한 자료들을 정리하면서 새로히 생애와 문학, 운율 등을 집필하였다. 그리고 그동안 틈틈히 써둔 시 연구 논문을 개정·증보하여 작가론 형식이 갖추었기에 한권의 책으로 묶어 간행하게 되었다.

석정 시인의 시를 보노라면 매끄러운 운율이 우리의 마음을 감미롭게 만져주는 듯하고, 그의 깨끗한 시심에서 석전노사의 모습을 추억하기도 하고, 석정의 신비스러운 대화체의 기법에서 만해와 타고르의 시심을 느끼기도 한다.

논리적으로 시를 서술하거나 해명하는 것은 때때로 부질없는 작업이 될 수 있다. 시는 끝내 논리의 저쪽에 있는 어떤 독립체이기 때문이다. 많은 연구가들이 그토록 방대한 체계와 조직 속에서 시를 논의 하지만, 결론은 무엇이었던가, 한 마디로 언어의 저 건너편에 있는 불가사의 세계라고 말할 수 있다. 그럼에도 불구하고 오늘까지 지속적으로 문과대 연구실이나 문학비평 잡지에서 수많은 시의 이론이 나오고 있다는 것은 아마도 인간다운 요소라 할 지성의 욕망 때문이리라. 그렇다. 사실 우리가 이 땅에서 산다는 것은 알고 싶다는 바람의 몸짓이리라.

시의 경우, 작품 자체가 엄청난 베일에 싸여있기 때문에 그리고 그 베일은 바로 생의 신비와 직결되었기 때문에 우리는 시의 세계를 더욱 알고 싶어

한다. 시를 아는 방법은 두 가지로 보고 있다. 하나는 시를 쓰는 것으로 얻어지는 체험이요, 다른 하나는 시를 읽음으로써 얻게 되는 간접적인 체험이다. 그러나, 이 두 가지 방법은 상보관계에 있으며, 따라서 시를 논의한다는 것은 이 두 가지 방법을 포괄하는 지적인 작업이라 할 수 있다.

　신석정은 격심한 변화의 시대를 지내면서도 내적으로 다양한 변모를 통해 자신의 시를 승화시킨 시인이다. 그럼에도 불구하고 지금까지의 연구 성과는 신석정의 시세계를 자연 혹은 목가적인 분위기로만 획일화하여 평가하려는 경향이 대부분이었다. 이는 그의 시작 활동이 1930년대의 시문학파 중심으로 이루어졌으며 또한 그의 초기시에 두루 표현되고 있는 자연 중심적 소재에 대한 몇몇 비중있는 평자들의 공통된 평가 때문이라고 말할 수 있다. 이에, 본서는 이와 같은 기왕의 연구 성과에 주목하면서 석정시의 형성 과정과 영향관계, 생애와 문학, 화자와 청자의 극적 긴장감 속에서 주제인 이상향에의 욕망과 다양하게 드러나는 시의 특질로서의 대화적 구조, 시적 상징 체계, 그리고 시사적 위치 등을 전체적으로 면밀하게 고찰해 보았다. 그 가운데 작가의 생애와 문학 편에서 1940년대 이후는 다음 기회에 언급하기도 한다. 석정의 시세계가 지니고 있는 독자적인 양상은 후기시보다 전기시에서 그 성과를 획득하고 있다. 그러므로 신석정은 30년대 서정시인으로 평가된다.

우리 민족의 문학사는 엄밀히 말해서 우리 민족이 낳은 작가와 작품의 총화이며, 그들에 대한 이해와 평가의 총화이다. 이런 뜻에서 이 책이 문학을 전공하려는 학습자는 물론, 일반 독자들에게 도움이 된다면 기쁘겠다.

끝으로 어려운 여건 아래에 출간을 승낙해 주신 국학자료원 정찬용 사장님께 감사드리며, 즐거운 마음으로 편집을 맡아주신 편집부 직원께 감사드린다.

2003년 10월

지은이

차 례

I 열어가며 ─────────

1. 연구의 목적과 방법

신석정의 시를 중심으로 생애와 문학, 시의 운율, 시의 영향관계, 형식적 특질과 의미구조와의 관련성, 상징체계 그리고 시사적 위치 등을 고찰하고자 한다.

신석정은 1930년대 시문학파의 한 사람으로 평가되는 시인이다. 1930년대 전반, 시문학파의 순수 서정시로서의 특성을 지니고 있었다. 신석정의 경우도 시문학파의 이러한 성격을 공유하고 있었지만 나름대로의 독특한 시 세계를 구축하였던 시인으로 평가할 수 있다. 이에 대해 본 논문에서는 신석정의 생애, 시가 받은 영향, 그리고 이로 인한 신석정 시의 형성과정과 내용, 운율, 화자와 청자 사이의 대화적 구조로 되어 있는 형식적 특질과 의미구조, 시의 주제 구현과 관련된 자연의 의미 등이 연구의 주된 방향이 될 것이다.

신석정의 시 세계를 근대시라는 맥락 안에서 정당하게 자리매김 하기 위하여 본고에서는 신석정이 받아들인 영향과 신석정이 후대 시인들에게 끼치니 영향으로 나누어 보았다. 그런데 후대 시단에 끼친 영향관계는 시사적 위치를 살핌으로써 가름하고자 하며, 그가 받아들인 영향의 문제는 신석정의 전기적 사실에 근거하는 역사주의적 방법을 응용하도록 하겠다.

신석정 시의 시사상적 영향관계는 그가 늘 곁에 두고 사숙한 바 있었던 도연명의 도화원기와, 이를 통한 노장 사상의 영향관계를 먼저 살펴보고, 이어 석정이 직접 사사받은 바 있었던 만해와 이를 통한 타고르의 영향관계를 살펴보도록 하겠다. 특히 예비적 고찰 단계에서는 소재와 모티프에 관한 접근을 근거로 석정시에서 드러나는 한계와 성격을 파악하는 자료로 삼고자 한다. 또한 예비적 단계에서 얻어진 비교문화적 자료와 신석정 시의 전체적 면모, 그리고 시적 변모과정은 다시 석정 시의 형식적 특질과 상징체계를 살펴봄으로써 확인해보려고 한다. 그럼으로써 석정 시가 가지고 있는 내면구조의 본질적 의미가 확인되리라 생각된다.

그럼에도 불구하고 예비적 단계에서 얻어진 상황적 제시가 석정시의 시세계와 반드시 일치된다고 말할 수는 없다. 다만 예비적 고찰의 단계에서 획득된 성과는 신석정의 시 세계 전반에서 볼 수 있는 전체적인 면모와 그의 시적 변모과정을 좀더 온당하게 이해하는 데에 보충적 자료로서 충분히 가치를 지닐 것이며, 그럼으로써 인식상의 오류를 극소화시킬 수 있을 것이다.

석정시의 형식적 특질과 의미구조에 있어서는 시의 주제를 보다 효과적으로 표현하기 위한 문학적 장치를 구조주의적 입장에서 파악하고자 한다. 이러한 구조주의적 연구방법은 이미 30년대 이후 우리 문단의 주된 연구방법으로 자리하여 왔으며, 70년대 이후 다양한 방법론의 등장과 적용에도 불구하고 도구적 방법으로서의 의의를 충분히 지니고 있다. 구조주의와 마찬가지로 문학 자체에 대한 존재가치를 확인할 수 있기 때문이다. 그러나 상징체계를 살핌에 있어서는 구조주의의 한계를 극복하기 위하여 원형비평적 방법을 응용하기로 하겠다.

이상의 연구방법과 앞서 제기한 문제들의 종합적인 시각을 통해 본 논문에서는 다음과 같은 연구 범위를 설정하고자 한다. 연구의 텍스트는 초기 시집 ≪촛불≫과 ≪슬픈 목가≫를 중심으로 하되, 전반적인 시적 맥락의 연계성을 확보하기 위하여 석정의 후기 시집인 ≪빙하≫, ≪산의 서곡≫, ≪대바람 소리≫ 등의 시집 전체는 물론, 이의 설명과 비교를 위해 다섯 권의 시집에 수록되지 않은 작품을 함께 살펴보겠다. 특히 제 2시집 ≪슬픈 목가≫는 1947년 낭주문화사 판을 주된 자료로 선택하였다. 그리고 신석정의 문학세계를 연구하기 위하여 표현 제 9권 (표현문학회, 1985)과 노령 제 33호 (전주문화원, 1985, 11) 그리고 신석정 대표시 평설 (석정문학회, 1986) 등의 자료도 보조 자료로 참조하였다.

그러므로 본 논문에서는 신석정의 생애와 초기를 중심으로 시의 영향관계는 역사주의 방법으로, 시적 대화구조는 구조주의 방법으로, 상징체계는 구조주의와 원형비평 방법으로 고찰하고자 한다.

2. 기존 연구의 검토

신석정의 시에 관한 연구와 평가는 비교적 일관된 맥락을 이루어왔다. 그의 초기 시, 즉 해방 이전의 시를 대상으로 하는 연구에서는 자연주의, 목가적 정사와 "한국의 리얼리티에서 유리된 헛도는 시"[1]등의 표현이 주조를 이루었다면, 해방 이후의 시들의 국한되니 연구에서는 신석정의 시 전체를 현실 참여적인 것으로 평가함으로써 그의 시 세계 전반에 대한 올바른 조명이 이루어지지 못한 것이 대부분이었다. 전자의 평가는 그의 시가 초기시의

---

1) 김우창, '한국시와 형이상', 「궁핍한 시대의 시인」, (민음사, 1977), 49쪽

수준을 크게 벗어나지 못했다는 의미에서 이루어진 평가였으며,[2] 후자의 경우는 그의 시에 나타난 자연표상의 내재된 저항으로 해석함으로써 그의 시 세계 전체를 현실참여로 이해하려는 입장이다.

이러한 시각의 차이는 그의 주된 시어인 자연물의 명칭 때문으로, 자연을 어느 층위의 의미로 이해하는가에 따라 나타나는 주관적 해석에서 도출되는 결과이다. 이처럼 신석정의 자연은 의미의 층위를 달리 하면서도 그의 시를 이해하는 관건으로서 중요한 단서를 일관되게 제공하고 있는 표현물이다. 특히 노장사상과의 관련 여부는 현재까지 연구의 주된 관심이 되고 있다.

신석정이 시를 처음 발표한 것은 1924년 4월 19일 조선일보에 발표한 <기우는 해>이다. 그러나 그의 시가 비평의 대상이 된 것은 1930년이 넘어서이다. 1931년 10월 ≪시문학≫지 <선물>[3]을 발표한 이래 약 70편의 시가 본격적인 비평의 대상에서 제외되는 경우가 많다.

김기림은 석정을 첫째 목가시인으로, 둘째 모더니즘 시인으로 평가하였다. 석정의 시세계를 개성적인 것으로 보고 있는데, 그가 이렇게 보는 이유를 석정시의 "현대문명에 대한 통절한 비판"에서 찾고 있다.[4] 그러면서도 "견해

---

2) 김시태, 「현대시와 전통」, (성문각 1978), 24쪽
   "이 땅의 시인들은 누구든지 예외 없이 시인의 범위를 넘어서지 못했다고 하겠는데, 결국 이것은 그들이 처음 문단에 데뷔할 때 가지고 나온 그 새로운 국면으로서 자신의 출발점을 그 이상의것으로 확대 심화시킬 만한 그러한 능력을 갖지 못했다는 말이 된다. 지용, 영랑, 기림, 상, 석정, 광균 등 대부분의 30년대 시인들에 대해서도 동일한 지적이 가능하다."
3) <선물> 발표 시기가 문헌상 몇 가지가 있다.
   1. 1929년 「동아일보」에 발표된 기록이 최초의 것으로 보이고,
   2. 신석정 자전적 수필집에는 1931년 6월에 ≪시문학≫3호로 언급되었다.
      신석정, 「신석정 연보」,≪슬픈 목가≫(三中堂, 1975), 247쪽
      _____, 「신석정 연보」,≪범우에세이91, 촛불≫(서울 : 범우사, 1979), 138쪽
   3. 허형석, "신석정연구", (비간행박사학위논문, 경희대학원, 국문과, 1988), 30쪽에서 '그 당시'란 1931년 10월 「시문학」3호에 「선물」이 발표된 전후를 일컫는다.
4) 김기림, '1933년 시단의 회고와 전망', 「조선일보」, 1933. 12. 10

에 따라서는"이란 단서를 붙이고 있는데, 이는 문명비판 이외의 다른 의미로도 해석할 수 있다는 시사로 보인다. 그리고 이때의 다른 의미란 모더니즘으로서의 예찬이다.

> 석정은 환상 속에서 형용사와 명사의 비윤리적 결합에 의하야 아름다운 상징적인 「이미지」 등을 빚어내고 있었다. 그들은 운문적인 「리듬」을 버리고 아름다운 회화를 썼다.[5]

자연으로서의 신석정의 시세계와 목가시인으로서의 시인 신석정이라는 평가는 해방 이전까지의 신석정에 대한 일반적인 평가의 규범으로 인정되어 왔다. 다만 대상적 인식은 자연으로 동일하게 보면서도 임화 등은 정지용, 김기림, 김영랑 등과 함께 신석정을 기교주의로 단정하고 "시의 내용과 사상을 방기한다."고 말한다.[6] 이에 대해 박용철은 예술성의 확보를 내세우고 있다. 박용철의 단호한 시 의식은 질서의식의 의지이며, 시를 하나의 존재로 이해하려는 태도에서 기인한 것이다.[7] 신석정의 본격적인 활동을 시문학파의 관계부터라고 이해할 때, 박용철의 태도는 신석정에게 있어서도 마찬가지이다. 따라서, 석정시에 대한 견해는 개성적인 언어사용과 회화화, 감상의 배격 그리고 신선한 문체의 제시로써 구현된다.

이 글은 동년 12월 7일 - 13일자 「조선일보」에 연재된 부분 중 하나이다. 후에 「시론」(백양당, 1947)에 재수록되어 있는데, 여기에서 보면 뒤에서 인용된 "현대문명에 대한 통절한 비판"이 "현대문명에 대한 간접적 비판" 으로 수정되어 있으며 석정을 '목가시인'이라 언급했다. 이견해는 김 아, '슬픈 목가에 바치는 글', ≪슬픈 목가≫, (낭주문화사, 1947).

5) 김기림, '모더니즘의 역사적 위치', 「인문평론」 창간호, (1939, 10), 84쪽
6) 임화, '담천하으 시단 1년', 「신동아」5권 12호, 1935, 12, 171쪽과 「문학의 이론」. (학예사, 1940), 625쪽
7) 박미령, '1930년대 시론 연구', '충남대 대학원, 1987, 5, 8쪽

첫시집 ≪촛불≫이 발간된 1939년부터 석정시의 관한 논의는 이들 두 관점, 즉 자연의 의미에 대한 해석과 언어의 조탁으로 방향성을 지니지만, 카프의 영향이 평단의 주류를 이로었던 시기적 영향을 30년대 후반에 들어서도 큰 변화가 없이 신석정의 시를 맞아들인다. 다만 시집 ≪촛불≫에 대해 정재동이 독후감의 형식을 빌어 "일상어의 시화"와 "시인과 자연과의 융화" 그리고 "원시적 감촉" 등을 말하고 있을 뿐이다.

이는 석정시에 대한 전반적인 접근이며 성과이다. 더욱이 전원 농촌에서 벗어나 "더 심각하게 더 넓게 시의 대상을 확장8)하길 바라는 평자의 태도는 석정시의 성격을 명료하게 파악하고 있다고 볼 수 있다.

그러나 해방 이전의 평단에서는 더 이상의 석정론을 찾아볼 수가 없다. 결국 해방 이전에 있었던 석정론은 양적으로 충분한 것은 이러한 이유로 볼 수 있다. 신석정의 시는 자연에 관심이 기울어져 있으며, 이때의 자연은 자연 이외의 의미를 지니지 못하는 것이라고 파악된다. 다만 김기림에게서 문명비판의 이해를 발견할 수 있을 뿐이다.

해방과 6.25 전쟁 사이의 빈 공간에서도 석정에 대한 관심은 마찬가지이다. 1947년 제 2집 ≪슬픈 목가≫를 발간하였지만 이에 대한 잇따른 평론을 발견되지 않고, 다만 1939년 첫시집 ≪촛불≫과 재 2집 ≪슬픈 목가≫를 대상으로 한 장만영의 논평이 있을 따름이다. 그렇다고 이러한 논평이 해방 이전에 있었던 논의의 방향과 커다란 차이를 보이는 것은 아니다. ≪촛불≫은 차라리 목가요, ≪슬픈 목가≫는 잃어진 자연을 그리워하는 애달픈 엘레지로 평가할 뿐이다.9) 그러다가 1060년대에 접어들면서 석정시에 대한 연구는 활발하게 진행된다. 비로소 평론의 입장으로부터 본격적인 연구의 대상이

---

8) 오하근, 「신석정대표시평설」, (유림사, 1986), 70쪽
9) 장만영, '석정의 시', 「시문학」 제 2호, 1950, 6월호

된다. 그렇지만 석정시에 대한 전체적인 언급은 여전히 찾아보기 어려운 상태이다. 서정주, 정태용, 박두진 등의 견해가 여기에 해당한다.

서정주는 "도덕적 자연주의"라고 말하면서, 노장 사상과 도연명의 귀거래 의식으로 석정의 시를 평가한다.[10] 정태용은 제 2 집 ≪슬픈 목가≫를 예로 들면서 신석정을 "인고와 기대를 가진 생활 시인"이라고 평가하는가 하면[11], 박두진은 ≪산의 서곡≫을 초기시에 비교하면서 거칠고 어둡고 통곡스런 조국과 기대와 역사의 현실을 응시 고발한다고 말하고 있다.[12] 그리고 이건청도 ≪촛불≫의 시세계가 식민지 치하의 암울한 상황에서 찾아낸 이상향을 노래하고 있다면 ≪슬픈목가≫는 훨씬 가열화된 시대상황 속에서의 이상향을 노래한다[13]고 역사주의적 입장에서 조망하였다.

이들 각각의 견해는 논의의 대상으로 하고 있는 시집이 구별된다는 점에서 나름의 당위성을 인정할 수 있지만, 실제로는 석정시의 일면을 다른 시간에서 바라보고 있을 뿐이다. 서정주의 견해는 석정의 세계관을, 정태용은 석정의 시적 인식을, 박두진은 후기시의 표면적 특징을 중심으로 살피고 있다. 그러나 본격적인 석정론이 되기 위해서는 이들 각각의 시각이 합치된 전체적 인식을 통해서 만이 가능하다. 하지만 이들 각각 연구성과는 이후의 연구에서 규범적 역학을 담당한다.

정태용은 같은 글에서 첫시집 ≪촛불≫의 자연을 말하면서, 이는 중세기적인 무한(無限)과 깊고 가녀리니 신비를 그리워했던 서구 낭만시가 이식된 것이라고 설명한다. 이러한 관점은 석정시의 자연물 중에 자주 등장하는 비

---

10) 서정주, '신석정과 그의 시', 「한국의 현대시」, (일지사, 1965), 183 - 184쪽
11) 정태용, '신석정론', 「현대문학」, 1967. 3. 263쪽
12) 박두진, '신석정의 시', 「현대문학」, 1968. 1, 239쪽
13) 이건청, 「한국전원시 연구」, (문학세계사, 1986), 70쪽

둘기, 양, 들판 등이 서구적 자연 때문인데, 이러한 시각은 유태수의 견해에서
도 아르카디아(Arcadia)와 연결하여 이해되고 있다.14) 그러나 이들이 몽환적
자연을 이유로 일방적으로 서구적이라 말하는 데에는 다소 무리가 있다고
보여진다. 왜냐하면 석정시의 자연속에는 분명 한국적 전원의 소재적 채택이
드러나고 있음을 무시할 수 없기 때문이다.15)

  서정주의 도교적 자연주의라는 견해 역시 많은 논자들에게 이어지고 있다.
특히 조용란은 노장철학과 함께 당시의 영향관계를 시정신의 바탕으로 보고
있다.16) 윤경수는 도연명에 심취된 신석정론을 펼치고 있는데,17) 이들 견해
는 신석정 개인의 생활과 그의 자전적 수필집인 「난초잎에 어둠이 내리면」에
근거하는 경향이 두르러지게 나타나고 있다. 현실의 응시와 고발이라는 박두
진의 견해도 연구사의 한 맥락을 이루고 있는데, 이들은 주로 후기시의 세
시집을 대상으로 하고 있다. 채규판도 초기시에 대해서는 목가시인으로, 후
기시에 대해서는 참여적, 저항적 입장으로 이해하고 있다.18) 하지만 초기시
의 표현방식이 노출되지 못했다고 하면서 참여적 성격이 부족하다고 단정을
내리고 있다.

  1970년대와 80년대에 들어서면서도 이와 같은 맥락의 구분은 공존하지만,
석정시에 대한 대립된 인식이라고 보기는 어렵다. 대립이라기보다는 오히려
부분적 시각이라는 점에서 극복의 방향으르 제시해 주고 있는 것이다.

---

14) 유태수, '신석정에 있어서 전원의 의미', 「한국현대시사연구」, (일지사, 1983), 280 - 300쪽
15) 이승원, 「근대시의 내면구조」, (새문사, 1988), 80쪽
16) 조용란, '신석정 연구', 동국대 대학원, 1977, 32쪽
17) 윤경수, '석정시의 전원생활 - 도연명과 노장의 영향', 「월간문학」, 1978.1
18) 채규판, '김소월, 김영랑, 신석정의시", 「한국현대비교시인론」, (탐구당, 1983), 109쪽
    필자, '신석정론', 「시문학」116, 117호(1982, 3 - 4)에서 오택근은 "신석정의 전반기 작품
    에서 밤의 의미는 상실의 극복, 평화지향성, 그리고 자유 추구 등으로 한 시대를 반영한
    저항 시인으로 본다."고 결론 짓고 있다.

한편 1980년데에 들어서면서 부터는 신석정의 시가 지닌 분야별 연구에서 많은 성과가 이루어지게 된다. 특히, 전원과 자연이라는 매개를 통해 전달하려는 정서의 성격을 규명하기 위해 많은 노력이 기울여진다. 최승범은 목가 세계의 의미를 모성애로의 회기로[19], 신용협은 전원을 낭만적 서정주의로[20], 김현승은 단지 현실의 부자유와 비애의 고뇌로부터 다소 위안을 얻기 위해서 라고 말한다.[21] 또 김남석은 전원에 핀 문명의 저주라고 언급하고,[22] 민병기 는 농촌의 비참한 현실을 반어적으로 표현한 것이 전원이라고 설명한다.[23] 이 밖에도, 자연시로 연구하거나[24] 비교문화적 방법으로 접근하는 방법적 변용도 나름대로의 특징있는 성과를 이루고 있다.[25]

문덕수는 신석정을 이미지즘, 즉 모더니즘의 한 계열로 보면서[26] 의식적 인 시작으로 국어 순화 힘썼다는 점을 들어 평가하고 있으며[27] 김윤식은

19) 최승범, '신석정의 <그 먼 나라를 알으십니까?>', 「한국현대시 해설」, (관동출판사, 1975), 155 - 156쪽
20) 신용협, '신석정시 연구', 충남대 인문과학논문집 9권 2호, 127 - 151쪽
21) 김현승, '신석정의 <그 먼 나라를 알으십니까?>', 「한국현대시 해설」, (관동출판사, 1975), 155 - 156쪽
22) 김남석, '전원에 핀 문명의 저주', 「한국시인론」, 서음출판사, 1977, 175쪽
23) 민병기, '신석정의 시사적 의미', 「국어국문학」, 95호, 1986. 5. 153 - 173쪽
24) 노재찬, '신석정과 자연', 「부사사대논문집 제 6집」, (1970. 6)
    조병춘, '신석정의 시', 「한국현대시사」, (집문당, 1980)
    이정화, '신석정 초기시에 나타난 자연관 고찰', 「경기어문학」, (1980. 1)
    이기반, '신석정의 자연시에 서정성', 「일산 김영준 선생 화갑논총」, (1980. 4)
    박철석, '신석정론', 「한국현대시인론」, (학문사, 1981)
    문두근, '신석정 시에 나타난 자연의 의미', (건국대 대학원, 1982)
    조찬일, '신석정 자연시 연구', 「한국외국어대 교육대학원」, (1984. 7)
    박호영, '신석정의 문학사상', 「한국 시문학의 비평적 탐구」, (삼지원, 1985)
    유태수, '신석정에 있어서 전원의 의미', 「한국현대시사」연구(일지사, 1987)
25) 김상태, 'Thoreau와 석정의 대비적 고찰', 「전북대 교양학부 논문집」, 1974. 1
26) 문덕수, 「한국 모더니즘 시연구」, (시무학사, 1981), 38쪽
27) 문덕수, 「오늘의 시작법」, (시문학사, 1987), 29쪽

난초라는 공통된 소재를 채택한 가람, 지용, 석정을 비교하는 방법을 채택하고 있다. 여기에서 김윤식은 신석정의 시가 다른 시인들과는 달리 대(竹)를 소재로 하고 있는 점을 들어 지적하면서, 이를 석정의 생활과 연결하고 석정의 정신사를 중심으로 살피고 있다.[28]

김해성은 석정시의 경어체가 지닌 역할을 작품 내의 조화로서 확인하고[29], 이기반은 산과 식물의 소재적 채택을 역사의식과 현실참여의 의미로 이해하는[30] 등의 성과를 보이고 있다. 그러나 이러한 분야별 접근은 새로운 시각의 형성과 신석정 시의 특징을 세분하여 살폈다는 성과와 함께 전체적인 모습의 확인이라는 문제를 남겨 놓고 있다.

신석정의 시세계를 종합적인 시각에서 살피려는 입장은 정한모[31], 오세영[32], 박철희[33], 김용직[34] 등의 성과에서 시도되고 있으나, 이들은 상징적 이미지, 시선한 이미지, 시각적 영향 등을 근거로 모더니즘의 한 계열로 보고 있음은 문덕수의 견해와 궤를 같이한다고 할 수 있다.

이러한 성과에 힘입어 많은 연구가 이루어져 왔고, 석사학위 논문은 물론 박사학위 논문으로도 단일한 연구의 대상이 되고 있다. 특히, 허형석은[35] "자연에서도 영원한 園丁이 못되고, 참여론자의 입장에서도 그 가치 구현을

---

28) 김윤식, '신석정론', 「시문학」, 1978. 7, 124쪽
29) 김해성, '전원목가적 사상가 경어체 연구', 「현대한국시인연구」, (대학문화사, 1985), 272쪽
30) 이기반, '신석정 시의 제재 - 후기시에서 본 산과 식물과 기타 - ', 「한국언어문학」, 17, 18집, 1979. 12. 87 - 88쪽
31) 정한모, '네 사람의 작품세계' 「심상」, 1974, 29쪽
32) 오세영, '한국문학고 바다', 「현대시와 실천비평」, (이우출판사, 1974), 81쪽
33) 박철희, '현대시와 서구적 잔상', 「한국시사연구」, (일조각, 1974), 209쪽
34) 김용직, 「한국현대시사연구」, (일지사, 1974), 209쪽
_____, '어두운 시대와 시인의 십자가', 「시와 시론」, (학문사, 1986)143쪽
35) 허형석, '신석정연구', (경희대 대학원, 1988. 2), 153쪽

다 마치지 못한 석정시의 비극적 편력은 한국 서정시의 共分母 창조라는 과제에 이바지 하였다."고 지적하였다. 그러나 전반적인 연구의 흐름은 신석정의 시가 지닌 형식적 특질의 분석적 해명보다는 시의식의 확인에 많은 관심이 기울여지고 있음을 지적하지 않을 수 없다.

Ⅱ 석정의 생애와 문학 ─────

1. 출생과 소년 시절

辛錫正(아호 夕汀)은 1907년 7월 7일 (음) 전라북도 부안군 부안읍 동중리에서 한의원을 경영하는 신기온과 이윤옥의 둘째 아들로 태어났다. 위로 두 누님과 장형 석갑과 막내 동생 석우가 있다. 부안 읍내에는 영월 신씨들의 집성촌이다. 이조 명문의 후예로 동학형명 때에는 재산과 생명을 바친 애국지사가 많이 나왔다. 특히 이조 말기 유명한 유학자 간제(또는 구산) 전우 선생의 4천 문하생 가운데 한 사람으로 한학에 심취되었으며 그 영향으로 석정에게도 보통학교 입학전까지 한학을 배워 한문시집을 번역하는 경지에 이르게 되었다고 한다.

석정이 태어나 자라는 동안에 가세는 점점 어렵게 되었다. 이러한 집안의 형편에 따라 부안읍내와 인접된 행안면 역리·서옥부락, 동진면 창북리, 금산리로 전전하다가 석정의 나이 8세(1915)때에 부안읍 선은리에 생활의 근거지로 정착하였다.

이 지역의 지리적 배경을 살펴보면 동경 127도와 126도 30분 사이, 북위 35도 30분과 36도 사이에 자리잡고 있는 신태인 서쪽 지방이다. 멀리 태백산맥에서 비롯한 소백산맥이 추풍령 서남쪽에 나눠진 노령산맥은 동남을 향하여 달리다가 옥천에서 서태산, 진산의 대둔산을 우뚝 일으켜 놓고 슬며시 전주로 오는 운장산, 만덕산을 세우고 동남쪽으로 이름 높은 고덕산과 모악산의 거센 등척을 올려 놓은 다음, 다시 남녘으로 내장산을 연결해 서북방면에 금만평야 (김제평야 혹은 호남평야) 건너편이 바로 부안군이다. 이 곳은 서쪽으로 황해와 북쪽으로 군산반도 남쪽 해안이 둘러 싸인 변산반도이다. 이 곳이 석정시에서 말하는 목가적 전원이 펼쳐져 있는 곳이다. 산림이 평화스럽게 보이고 아늑한 호수 위에 조용한 황혼녘의 빛들이 내려 앉은 자연적 배경은 그의 시 <들길에서>, <봄의 유혹>, <촐촐한 밤>, <그 먼 나라를 알으십니까>, <날개가 돋혔다면>, <그 꿈을 깨우면 어떻게 할까요>, <임께서 부르시면> 등에서 잘 묘사되어 있다. 여기에 <그 먼 나라를 알으십니까>의 2·3연을 소개하면 그 아름다운 경관을 엿볼 수 있다.

> 깊은 산림대를 끼고 돌면
> 고요한 호수에 흰 물새 날고
> 좁은 들길에 들장미 열매 붉어
> 멀리 노루새끼 마음 놓고 뛰어 다니는
> 아무도 살지 않는 그 먼 나라를 알으십니까?
>
> 그 나라에 가실 때에는 부디 잊지마서요
> 나의 가치 그 나라에 가서 비둘기를 키웁시다
>
> ……(중략)……
>
> 산비탈 넌즈시 타고 나려오면
> 양지밭에 흰 염소 한가히 풀뜯고

길솟는 옥수수밭에 해는 저물어 저물어
먼 바다 물소리 구슬피 들려오는
아무도 살지않는 그 먼 나라를 알으십니까?

어머니 부디 잊지 마서요
그때 우리는 어린양을 몰고 돌아옵니다.

지금도 부안읍 뒷산 등성이에서 동중리와 선은리 마을을 바라보노라면, 산림지대를 끼고 돌면 좁은 들길에 들장미 꽃이 붉고 서광산 산록에 노루새 끼가 뛰어 나올 듯한 산비탈이 펼쳐져 있으며, 북녘 하늘 아래에 계화도를 감싸는 황해 바다의 물결 소리가 들려오는 정경이 한 눈에 들어 온다. 이와 같은 자연의 운치는 그의 시세계 도처에 보이며 그의 자택 청구원도 그 일부 분이기도 하다.

신석정은 1918년 (12세)에 부안 공립 보통학교 (지금의 부안 초등학교)에 입학하였다. 나이도 나이지만 훤칠한 키에 얼굴까지 수려한 미소년이 한학 공부를 접어 두고 신문명에 접근하게 되었다. 그 당시 육학년 때 월사금(지금 의 수업료)을 납부하지 못한 동료 학생들을 일본인 담임 선생이 발가 벗겨 모욕하는 장면을 지켜보고 분개하여 항의시위를 일으킨 것으로 인하여 7년 만에 보통학교를 졸업하게 되었다고 한다. 이러한 과정을 통하여 자유로운 이상세계를 신석정은 동경하게 된 듯하다.

2. 등단의 배경과 초기시의 영향관계

1924년은 신석정에게 두 가지 중요한 의미가 있는 해이다. 하나는 조선일보에 시를 발표하여 문단에 공인으로 인정받은 것이고, 다른 하나는 결혼을 하여 가정을 이루게 된 것이다. 여기서는 문단 관계만을 취급하기로 한다. 신석정은 1924년 4월 ≪조선일보≫ 에 시 <기우는 해>를 발표하였다. 본고에서는 등단의 배경을 자세하게 살펴보고자 한다. 석정은 보통학교를 졸업하고 바로 중학교에 진학하지 못했다. 이어서 문학서적 북원백추의 ≪우사기노템뽀≫, 하일수석의 단편들, 투르게네프의 ≪사냥꾼일기≫, 하이네의 ≪서정소곡≫과 중학과정 강의록을 공부하면서 지냈는데 이러한 것은 가세와 연관된 듯하다. 석정이 ≪조선일보≫에 <기우는 해>를 발표한 배경은 부안 공립 보통학교 재학시 한국인 담임 선생으로 성해 이익상이 있었다. 그는 전주 사범학교를 졸업하고 처음으로 이 학교에 부임하였다. 석정이 문학에 뜻을 갖게된 것이 바로 이 선생의 영향 때문이었다. 그뿐 아니라 성해 이익상 선생은 뒷날 신석정의 사촌 매부가 되었고, 그 뒤 처가의 도움으로 석정이 보통학교를 졸업하기도 전에 이 학교의 교사직을 정리하고 동경 유학후 귀국하여 ≪광란≫, ≪흙의 세례≫ 등의 소설을 발표하면서 문단생활을 시작하였다. 그 때문에 이익상은 조선일보사 기자가 되었고, 이어 총독부 기관지인 매일신보의 편집국장까지 역임하였다. 신석정은 이익상 매부와 연통하면서 성해가 조선일보사 학예부 기자로 재직할 때 소적이란 아호로 <기우는 해>를 발표하게 되었다. 여기에 그 당시 상황을 알리는 자료를 살펴보고자 한다.

> ① 어쨌든, 독학으로 문학공부를 시작한 신석정에게 있어서 4촌 매부가 된 은사 이익상의 지도나 격려는 참으로 큰 도움이 되었다. 석정의 활자화된 첫 작품 「기우는 해」가 1924년 4월 19일 『조선일보』에 발표되었는데 그 당시 이익상은 『조선일보』학예부 기자였다. 아무튼 「기우는 해」로 용기를 얻은 그는 소적, 석지영, 호성, 서촌 등의 필명으로 여러 일간지에 투고를 본격적으로 시작한다.[1]

② 그 때 조선일보 학예부에는 소설가 성해가 계시던 때였는데 내가 어려서 배우던 보통학교의 은사일 뿐 아니라, 종매부였던 관계로 가끔 처가골을 오게 되었다. 자주 「소적」이라는 이름의 투고를 받아보고 퍽 궁금하게 여겼었다는 이야기를 들은 것은 그 얼마 뒤의 일이었다. 이리하여 시작에 손을 대게된 나는 당시의 3대 신문 조선·동아·중앙지를 무대로 매월 몇 편식 발표하게 되었다. 그 무렵 자주 이 지상에서 만나게 된 시인이 임화, 김창술, 김해강들이었다.2)

③ 열여덟 나던 3월 어느날, 유달리 길다란 머리를 올빽으로 넘기고 키가 후리후리한 청년이 우리 집 [신석정의 집:필자 가필]에 나타났다. 어찌 그 청년이 우리 집을 찾아왔는지 그 용무까지는 내 알 바 아니었으나, 그 청년은 남궁현이라는 영광 사는 나의 아버지의 진외갓집으로 아우뻘 되는 사람이었다. 그 청년은 며칠을 묵게 되는 동안 나의 하잘 것 없는 문학 취미를 눈치챘는지 그의 간단한 여장 - 작은 책보에 꼼꼼히 싸 가지고 온 ≪젊은 베르테르의 슬픔≫과 ≪창조≫지를 내게 보여 주면서, 그의 일장의 문학담을 해주었다.

지금도 잊히지 않는 것은 진한 오렌지 빛 책가위에 금자로 찍어낸 ≪젊은 베르테르의 슬픔≫은 차라리 가지고 놀고 싶은 책이었다. 일찍이 춘원의 ≪무정≫을 읽다가 아버지에게 들켜서 찢기운 뒤로는 처음 대하는 우리말 녹색 표지로 얄팍하게 꾸며낸 ≪창조≫또한 처음으로 대하는 우리말 잡지였다. 그 때 처음 읽게 된 요한의 ≪불놀이≫와 ≪봄달잡이≫는 시방도 서슴없이 내 머리에 떠오르는 것이다.3)

대체적으로 위의 ①과 ②는 신석정이 부안 공립 보통학교 재학 시절에

1) 신석상, 『신석정 평전, 죽음보다 외로운 가슴을 위하여』.(동천사, 1984), 37쪽
2) 신석정, 「나의 문학적 자서전」, 『난초잎에 어두이 내리면』, (지식산업사, 1974), 292쪽
3) 신석정, 위의 책, 288 - 289쪽

있어서 문학소양을 쌓는 일과 조선일보에 작품발표 하는 과정을 밝히는 자료인데, 신석정과 성해가 조선일보 등단에 연통 관계가 애매하게 표현된 느낌이 있으나 필자는 ①의 신석상 의견이 객관성이 있다고 판단한다. ③은 이 기간에 도와준 사람이 성해 이익상 외에 배후 인물로 남궁현이 있었다. 그는 석정의 진외갓집 아저씨뻘 되는 사람으로 문학 이야기와 참고 서적을 제공해 주어서 유익하였다. 결과적으로 ①②③은 신석정의 문학수업이란 측면에서 상보관계가 있음을 알게된다. 이유는 석정이 보통학교를 졸업 후에 시작기간이 짧았기 때문이다.

여기에 <기우는 해>를 소개하기로 하자.

해는 기울고요—
울던 물ㅅ 새는 잠자코 있습니다.
탁탁 푹푹 힌 덕에 가벼히
부딪치는
푸른 물ㅅ도 잔잔합니다.

해는 기울고요—
짖는 바다ㅅ가에
해는 기울어짐니다.
오! 내가 美術家였드면
기우는 저 해를 어여쁘게 그릴 것을

해는 기울고요—
밝힌 북새만을 남기고 갑니다.
다정한 친구끼리
이별하듯
말없이 시름없이

가버립니다.

- <기우는 해> 전문

이 시는 1924년 4월 19일 ≪조선일보≫에 발표된 것이지만 실제로 쓰여진 시기는 그 해 3월 어느날 남궁현과 계화도에 놀러갔다 황해 바다 위에 해가 지는 정경을 읊은 작품이다. 그 때의 심정을 석정의 자서전에서 발췌해 보면,

> 이튿날 그 청년[남궁현:팔자 가필]은 우리 마을에서 한 20리 남짓 떨어져 있는, 계화도라는 섬엘 놀러 가지 않겠느냐고 하기에, 난생 처음으로 그를 따라서 섬 구경을 나서게 되었다. 바닷길 10리를 걸어오는 도중에 곧장 수평선을 넘어 가는 해를 처음 보게 된 우리들은 감격하였다. 오던 길로 ≪기우는 해≫라는 제목의 시 한 편을 읊어 바로 그에게 보였더니 여간 감탄하는 것이 아니었다. 그 내용이 무엇이었던지 기억에 오르지 않으나 3연 12행쯤 되는 단시로, 다만 기억되는 것은 맨 끝줄을, <해는 기울고요> 하여 요한의 ≪봄달잡이≫의 기법을 채용했던 것만은 잊히지 않는다.
> 　이 졸작이 그 때 조선일보사 지상에 「소적」이라는 필명으로 1단의 스페이스를 차지하게 된 것도 전혀 그의 지나친 찬사의 부산물이었으리라.[4][가점:필자]

이 시는 3월 어느 날에 쓰여질 때 아마도 3연 12행이었는데 다시 가필과 정정을 통해 3연 16행으로 손질해서 ≪조선일보≫에 발표된 것으로 보인다. 이 시의 표현상 특징은 반복어와 서술종결형어미 사용등이 보인다.

먼저 그 하나로 반복어 사용을 보면, 이 시에서 '해는 기울고'가 3번이나 반복되었다. 예를 들어보면 <그 먼 나라를 알으십니까>에서 '어머니 / 당신

---

4) 신석정, 위의책, 290 - 291쪽

은 그 먼 나라를 알으십니까?'가 3번이고, <날개가 돋혔다면>에는 '어머니 / 만일 나에게 날개가 돋혔다면'이 2번 반복되었다. 이 현상은 <아직 촛불을 켤 때가 아닙니다>, <봄이여 당신은 나의 침대를 지킬 수가 있습니까>, <이 밤이 너무나 길지 않습니까?>, <나의 봄을 엿보시겠읍니까?>와 <임께 부르시면> 등에서도 찾아볼 수 있다. 여기에 ≪촛불≫ 시집의 서시격인 작품을 소개하기로 하자.

가을날 노랗게 물 드린 은행 잎이
바람에 흔들려 휘날리듯이
그렇게 가오리다
임께서 부르시면……

湖水에 안개 끼어 자욱한 밤에
말 없이 재 넘는 초승달처럼
그렇게 가오리다
임께서 부르시면……

포곤히 풀린 봄 하늘 아래
구비구비 하늘가에 흐르는 물처럼
그렇게 가오리다
임께서 부르시면……

파 - 란 하늘에 白鷺가 노래하고
이른 봄 잔디밭에 스며드는 햇볕처럼
그렇게 가오리다
임께서 부르시면……

- <임께서 부르시면> 전문

이 시는 ≪동광≫ 24호 (1931년 8월)에 발표된 것으로 임께서 부르시면 은행잎처럼, 초승달처럼, 강물처럼, 햇볕처럼 가겠다는 상승의미이기에 밝음으로 옮기고 있음이 내포된 듯하다. 그리고 형식면에서도 4연 4행으로 균형 잡힌 반복구 "그렇게 가오리다 / 임께서 부르시면……"로 도치와 여운을 남긴 기법은 1930년대 이전의 시작품에서 볼 수 없는 형식이다. 이는 프라이 (N.Frye)가 말한 '반복적 이미지'에 적용된 듯하다.[5]

신석정은 <기우는 해>에서 '해는 기울고요'는 주요한의 시 <봄날잡이>의 '달은 물을 건너 가고요…….' 기법을 원용했다고 말하였다. 이러한 반복어는 지면상 모두 열거할 수는 없지만 이러한 기법이 첫 작품부터 적어도 1940년대까지만 보이고 중기시집 ≪빙하≫에는 뜸하게 보인다.

> 봄날에 달을 잡으러
> 푸른 그림자를 밟으며 갔더니
> 바람만 언덕에 풀을 스치고
> 달은 물을 건너 가고요…….
>
> — 주요한의 <봄날잡이> 일부[6]

다른 하나는 ' ─습니다, ─습니다' 등인데 이는 1931년 ≪시문학≫ 3호에 발표된 <선물>시와 대비하면 더 뚜렷하게 확증된다.

---

5) N.Frye는 다음과 같이 이 점을 설명하고 있다. "반복적 이미지 또는 가장 빈번하게 되풀이되는 이미지는 소위 조성(totally)를 형성하고, 전조적, 삽화적, 고립적 이미지 등은 계층구조를 이루면서 이 조성과 관계를 맺는데, 이 계층구조가 시 자체의 조화에 어울리는 비평적 아날로지가 되는 것이다." (N.Frye), 『비평의 해부』, 임철규 역, (한길사, 1982), 121쪽
6) 신석정, 앞의 책, 290쪽

하늘ㅅ가 불근 빛 말업시 퍼지고
물결이 자개처럼 반자기는 날
저녁 해 보내는 이도 업시
초라히 바다를 너머갑니다.
(중략)

주검가치 말업는 바다에는
지금도 물쌀이 우슴처럼 남실거리는 흔적이 뵈입니다.
그 언제 해가 너머갔는지 그도 모른체 하고 ―

무심히 살고 쏘 지내는
해 - 바다 - 섬 - 하고 나는 부르지즈면서
내 몸도 거기에 선물하고 시펏습니다.

                              - <선물>의 일부분

　　이 시는 내용면에서 '하늘 - 바다 - 나'로 전개되어 천상 이미지와 지상 이
미지가 합일되는 모습을 보이고 있으며, 역시 '너머갑니다, 뵈입니다, 시펏습
니다' 등의 <기우는 해>에서 지적한 것과 같은 서술종결어미가 공통점으로
발견된다. 즉 동작이 현재 계속되고 있는 서술종결어미가 첫 작품부터 쓰였
다. 이러한 수법은 초기시에서 석정시의 한 문체로 굳어지게 되었다. 그러므
로 서술종결어미 사용은 1924년 <기우는 해>부터 1947년 ≪슬픔 목가≫
시집까지 맥을 이어왔다. 그러나 1956년에 간행된 ≪빙하≫ 시집에서는 이
러한 현상이 보이지 않는다. 이 기간의 작품을 대개 습작기 작품으로 가볍게
넘기고 있으나 이 점에 관하여 새로운 평가가 요망된다.
　　그리고 <기우는 해>부터 <선물>까지 7년 동안 70수로 집계되었다.
즉, 1924년 4월 19일 ≪조선일보≫에 <기우는 해>를 비롯하여 27수, 1926

년 6월 19일 ≪동아일보≫에 <옛들>을 비롯한 28수, 1926년 10월 17일 매일신보에 <공상의 바다> 1수, 1927년 3월 6일 ≪중외일보≫에 <바다의 노래>를 비롯하여 8수, 1927년 3월 ≪신생≫ 지 2월호에 <아! 그 꿈에서 살고 싶어라>를 비롯하여 4수, 1931년 8월 ≪동광≫8월호에 <임께서 부르시면> 1수 등이다. 이들 가운데 일부는 1939년에 간행된 ≪촛불≫ 시집에 수록되어 있다.

이러한 문체의 영향을 수용하게 된 것은 한용운을 들고 있으나, 멀리 도연명이나 인도의 타고르까지 확대해 가고 있다.

① 말 끝을 경어체로 맺고 설의법을 써 강조하는 것은 시집「님의 침묵」의 전편에 흐르는 수법인 동시에 만해의 겸허한 정신의 표현이다.[7]

② 초기의 작품에는 저 불교의 세계에서 문학의 경지를 개척했던 만해선사의 영향을 받은 듯한 것들이 눈에 뜨이는데, 가령 만해가 그의 문장에서 경어체를 썼는데, 그와 비슷한 것이 석정의 문장에도 눈에 뜨인다는 말이다.[8]

③ 그는 중국의 도교나 선교의 사상들을 직접 받아들인 바는 없다. 그와 같은 태도는 불교도 마찬가지이다. 「님의 침묵」이나 인도의 타골의 「문체」를 그의 문체에서 발견할 수 있음은 우연한 일은 아니라고 본다.[9]

④ 석전 박한영 스님 밑에서 불전을 배우는 한편 시문학사를 드나들던 때도 노장철학과 타골을 탐독하면서 만해 스님을 자주 찾아다니던 무렵으

---

7) 정태용, 「신석정론」, 『현대문학』(1967,3월호), 264쪽
8) 서정주, 「신석정과 그의 시」, 『한국의 현대시』(일지사, 1969), 184쪽
9) 김해성, 「신석정론」, 『현대 한국시인 연구』, (대학문화사,1985), 272쪽

로 이 작품에는 이 시인의 시적 기법과 정신이 크게 그 저변에 깔려 있을
뿐 아니라, 한편 도현명의 <도화원기>에서 받은 영향도 크다 아니할 수
없다.10)

　위의 인용문의 내용에서 ①과 ②에서 경어체는 만해 한용운의 《님의 침
묵》에서, ③은 타골의 『문체』에서, ④는 노장사상, 타골, 도연명의 <도화원
기> 등에서 영향을 받았다고 언급하였다. 그 가운데 경어체 서술종결어미가
초기시 첫 작품부터 사용된 것은 유의해야 하며, 지금가지 《촛불》과 《슬
픈 목가》 중심에서 우리는 시야를 넓혀 70수의 시편에 대한 평가와 해설만
이 초기시의 문체를 확증하게 되리라고 본다.
　그런데 신석정은 이 때 시를 산문과 잡지에 발표하면서 여러 개의 아호를
사용하였다. 1924년 4월 19일 《조선일보》에 <기우는 해>, 1925년 5월
31일 <옛 성터를 다시 밟고>, 11월 8일 <나의 손임자> 등은 소적(蘇笛)
으로, 1926년 3월 7일 《조선일보》에 <헐려지는 객사>는 석정(汐汀)으
로, 같은 해 4월 1일에 <떠나고 싶다>는 서촌(曙村)으로, 4월 19일에 <흙
에서 살자>는 석지영(石志永)으로, 1926년 6월 19일 《동아일보》에 <옛
들>과 1927년 3월 6일 《중외일보》에 <바다의 노래> 등은 호성(胡星)으
로, 1927년 7월 2일 《중외일보》에 <아침의 무도곡>은 석정(石汀)으로,
1927년 8월 23일 <가을의 노래>와 11월 6일 <무제> 등은 사라(裟欏)로,
1931년 10월 10일 《매일신보》에 <시든 꽃 한 묶음>은 석정(釋靜)으로,
그리고 1939년에 발행된 《촛불》시집에서 석정(夕汀)이란 아호로 발표되었
다. 그러므로 그가 만년까지 제일 많이 사용한 아호는 석정(夕汀)이다.
　이렇게 신석정이 신문·잡지에 작품을 발표하는 것은 그 나이에 찾아오는

───────────────

10) 신석정, 「상처받은 작은 역정의 회고」, 『문학사상』(1973, 2월호), 178쪽

풀길 없는 인생의 고독과 낭만은 역시 문학밖에 없다고 판단하고 책을 모아 들이고 사전을 찾아가면서 톨스토이와 투르게네프를 탐독하고, 아내의 결혼 반지를 팔아다 시집을 사고, 한문 공부를 계속 하면서 도연명의 시 · 타고르의 작품[11]을 독파해 나간 것이다.

그 당시 부안 고을에는 『야인사』란 문학 서클이 있었는데 일본에서 새로운 사조를 들은 청년들이 원고를 작성하여 회람하고, 안서(岸曙)가 에스페란토 지방 강좌를 부안에서 개최한 인연으로 낙원동 유일 여관에 계실 때 서신왕래로 시공부를 계속 보충하였다.

3. 작품세계에 투영된 가족관계

신석정의 '생애와 문학' 허두에서 언급된 부분을 제외하고, 그는 1924년 5월에 자기보다 두 살 아래인 박성여(뒷날 소정으로 개명)와 결혼을 하였다. 부인은 김제군 만경면 출신이며, 슬하에 4남 4녀를 두었다. 아래에 인용된 작품을 참고할 때 가정적인 시인이다.

其一 菊軒님께

---

11) 신석정, "상처받은 작은 여정의 회고", 「문학사상」, (1973. 2월호), 178쪽에 "아무렴이나 만해가 스스로 주재한 「유심」, (1918.9)에 타고르의 「생의 실현」을 번역, 소개하였던 것과 동호에 게재된 석전 박한영 스님의 「타고항의 시관」 등을 석정이 정독한 후라는 사실도 참고할 필요가 있다."
허형석, 신석정연구, (경희대, 1988), 31쪽에 타고르의 첫 번째 일본 방문은 1916년이었고, 이때「청춘」의 주재자 육당 최남선의 요청에 의해 진학문이 타고르와 면담. 다음해 「청춘」11월호에 그의 이력을 소개 · 현재 · 르포 · 작품 등이 소개되었다. 이때 작품은 <기탄지리>, <원정> 및 <신명>의 「천문학자」 등

<준영>이랑 여름밤에 소주를 이슥했습니다.
<국헌>! 당신은 그렇게도 술을 즐기시드군요 <삼국지>
도곤<단종애사>를 좋아하시고, <당시>와 더불어 우리
새론 시를 알아 주어 좋습데다.

아침에도 손을 꼬옥 잡고 소줄 마시자니 아예 도연명같이
살고픈 까닭이신가요.

<국헌>!당신을 찾아 내 또다시 오는 날엔 매실담근 소
주를 꼭 가지고 찾아 가오리다. <1952.8>

其二 素空님께

그 무슨 향기이기 이리도 멀리 들려옵니까?
임게도 그 내음 젖어, 주시는 잔에도 함빡 젖어……

난초와 더불어 조촐히 닦으신 정한 자리에
진정 속되어 난 끼우기 아예 부끄럽습니다.

복건성이 고향이라는 난초를 여덟 해나 가꾸시기에
정녕 임께서도 난초와 여덟 해를 늙으셨군요.

성근 잎 새이로 꽃도 저리 맑아야만 하는 것이옵니까?
난초처럼 곱게 늙으시는 임이 퍽은 부러웁습니다. <1952.8>

其三 胡民님께

백운은 천리 만리 당신 가슴도 천리 만리.

청춘에 묻으신 뜻 어찌 천리만리 가오리까.

그대로 늙어가도 아예 욕된 날 아니 오니
<호민>! 당신은 남은 세월이 되려 빛나오리다.

별같이 흩어져 주고 받던 이야기도 멈추고
아우랑 우리 막걸리로 끼니를 잇대어도

인생을 처방하는 화제를 마련하시기에
당신의 귀밑 머리가 그렇게도 세였군요. <1952.8>

其四 小汀님께

만나서 서른 해 긴 세월인데도
바로 엊 그제 같은 꿈길이었습니다.

이대로 서른 해를 줄곧 보내도
섭섭할 우리들의 여정이온데

나도곤 그대 머리칼이 더 센 것은
동양이래서 주고 간 인종의 미덕인가요?

<소정>! 아예 우리 서러하지 말고 살아갑시다.
가슴엔 청춘이 아직도 도사리고 있지 않습니까? <1952.8>

其五 <一林>이와 <蘭>이에게

보리 꼽살미와 밀주일 죽도 달가운 것은

풀잎파리 죽으로 끼니를 이던 봄을 살아 그렇지.

공일날 눈이 빠지게 기두리던 아버지는
텅 빈 가방을 들고 찾아 가야 하거늘,

두즈를 자조 굽어 봐야하는 너이들이기에
보리가 한 가마만 있어도 한숨을 내쉬겠지?

외할머니도 보리밥에 뙤약볕에
백리길을 걸어 가셨다는 서글픈 이야기. <1952.8>

　　其六　<영>이에게

쭈잉·껌도 비스켙도 넌 알길이 없어
강냉이 튀밥과 단쑤수를 먹는고나!

안쓰럽게도 여윈 네가 백일해를 앓는데
요리요·마이싱도곤 차라리 쌀밥이 약이리라.

빈 찬장을 하루에도 몇번씩 뒤지다간 지쳐 지는
네 얼굴 들여다 보다 입맞춰 본다.

참아 돌아서며 헛기침을 하는 것은
아예 못 잊는게 따로 있어 그리는게 아니다. <1952.8>

- <近詠數題> 전문.

위 시는 제3시집 ≪빙하≫ (1956.11)에 상재되어 <근영수제>란 제목 아래에 각 시마다 기일에서 기육까지 연시 형태로 소제목이 붙여 있다. '기일 국헌님께'는 가람 이병기 선생의 당호로 가람 선생을 지칭한 것인데, 1939년 12월 28일 오후 6시 서울 경성 그릴에서 신석정의 ≪촛불≫ 시집 출판 기념 회에서 만나 작고시까지 문학 스승으로 모시게 되었고[12], 그 연유로 1955년 부터 석정 시인이 전북대학에서 「시론」강의를 맡았다. '기오'에서 나오는 '장녀 일림'의 남편인 최승범 교수가 신석정의 사위가 된 것도 가람의 중매로 이루어졌다고 한다. '기일'의 내용은 문학스승으로 모시고 전북대 김준영 교수와 친교하는 작품이다.

'기이'는 소제목이 '소공님께'로 붙어있는데 소공은 변산반도 내소사의 이명우(李明雨) 스님의 법명이 '달마'로 그림 솜씨가 대단하다. 특히 선화(禪畫)가로 알려졌다. 그의 아호가 소공이다. 그런데 시상의 흐름이 전주시 풍남동에서 '난과 매화'를 분재하는 풍류객 정은관의 아호도 소공이다. 이 작품에서 말하는 난분이 가람 이병기의 난초에 관한 시조 작품과도 관계가 있다. 자택에서 가람 스승을 모시고 난향에 취하여 즐기는 장면이 보이기 때문에 여기서 정은관으로 보는 것이 좋겠다.

'기삼 호민님께'로 되어있는데 '호민'은 신석정의 장형의 아호이다. 그 분은 한의원을 경영한다. 4연 1행에 '인생을 처방하는 화제를'에서 장형인 석갑의 직업의식을 엿볼 수 있다. 아울러 3연 2행에서 '아우랑 우리 막걸리로 끼니를 잇대어도'의 표현에서 '아우'는 막내 동생인 석우를 이름이다. 이런 형제애·가족애의 분위기를 연상시키는 석정의 '일기초'도 소개하겠다.

1월 일
석우 떠나다.

---

12) 신석정, 「못다 부른 목가」, 『범우에세이션91,촛불』, (범우사,1979), 21쪽

형님이나 아우가 올 때마다 마음 턱 놓고 술 한잔 나누지 못하고 갈리게 되는 것이 퍽 마음 아프다.

광연이도 제 삼촌을 따라가겠다고 나갔다. 집이 비좁은 데다가 어디 마음 놓고 책 하나 읽을 수 없어 나가는 것을 막지 못하는 심정이 괴롭다. 언제쯤 내 서재 하나, 그리고 광연이가 있을 작은 방 하나 마련해 줄 수 있을 것인가? 이시카와처럼 나도 그런 <집>을 꿈꾸다 떠나고 말 것인지…… 아니다. 언젠가는 고향에 조촐한 집을 꼭 마련하고 싶은 세월 - 그것이 1년이건 2년이건 - 을 조용한 속에서 쉬어보리라.

인용시의 말미에 <1952.8>란 표현으로 보아 6.25변란 뒤의 어려웠던 사회와 가정생활, 그리고 인용 일기문은 석정의 3남 '광연'이가 한집에 생활하기 어려워 석우 삼촌 집으로 나가 머물게 되는 가세와 가족애가 넘친다. 이러한 시상의 변형은 뒷날 삼홍시와도 관계가 있다.

'기사 소정님께'라는 소제목의 '소정(小汀)'은 석정 부인의 개명된 이름이다. 결혼 당시 이름은 '박성녀'이다. 1년 1행에서 '만나서 서른 해'라고 표현한 것으로 보아 석정이 결혼을 1924년에 하였고, 이 시의 말미에 탈고 시기가 1952년 8월이니까 결혼 생활 기간이 모두 '서른해'의 표현과 얼추 들어맞는다. 마지막 연에서 우리 서러워하지 말고 가슴속에 간직된 청춘을 바라보며 부인의 마음속에 간직한 인내의 덕을 기리고 있다. 여기에 서간문 일부분을 소개하기로 하자.

머지 않은 금혼식날을 바라면서 살아가는 우리에겐 빛나는 설계라거나, 보다 먼 전망보다는 마치 늦가을 숲길에 차곡차곡 쌓여 있는 낙엽같은 회고 속에서 서로 의지하고 여생을 보내는데, 새삼 이런 붓을 든다는 것이 퍽 쑥스러울 뿐입니다.

소정, 10여 일의 병상에서 겨우 몸을 가누고 이젠 혈압이 정상으로 돌아

가고 보니, 오래오래 살고 싶은 욕망에서보다는 병에 시달리지 않게 된
것이 퍽 마음에 든든합니다.……(중략)……

　　그러나 소정! 우리는 저 봄과 만날 수 없는 또 하나의 평행선을 그으며
늙어 가겠습니다 그려…….13)

　　인용된 편지는 앞부분과 끝부분이다. 어려움 가운데 늙어만 가는 아내,
건강을 염려하며 지금도 ≪반야심경≫을 외는 여운 속에 부부애가 감지된다.

　　'기오 <일임>이와 <란>이에게'라는 소제목의 <일림>은 장녀의 이름
으로, 부군은 가람 선생의 제자로 전북대 국문과 교수이고, <란>은 차녀의
이름으로, 부군은 익산시에서 농장을 경영하고 있다. 이 두 딸이 각각 32년
35년 생으로 어려웠던 시기에 출생하였고, 지금 '<일임>이와 <란>이에
게'의 시상도 1연부터 매우 빈곤한 생활상이 사실적으로 묘사되었다. '보리
꼽살미와 밀주일 죽', '풀잎파리 죽으로 끼니를 이던 봄날' 등의 표현은 1950
년대 이후 출생한 국민들은 알길이 없다. 그러나 이들이 출생 당시의 시편은
고무적이고 미지의 세계에 관심을 가지도록 권유하는 시가 있다. 먼저 ≪촛
불≫시집에서 큰 딸 <일임>과 대화체로 엮은 시를 보기로 하자.

　　一林아
　　촛불을 꺼라
　　소박한 정원에 강물처럼 흐르는 푸른 달빛을
　　어서 우리 침실로 맞어 와야지……

---

13) 신석정, 「아내에게 보내는 편지」, 위의 책, 65 - 69쪽
　　　＿＿＿, 「아내에게 보느는 편지」, 앞의 책, 154 - 158쪽

유리창 하나도 없는 단조한 나의 방······
침실아 -
그러나 푸른 달빛이 풍성히 흘러오면
너는 갑자기 바다가 될 수도 있겠지······

―林아
어서 촛불을 끄렴
고양이 새끼처럼 삽작 삽작 저 산을 넘어온
달빛은 오직이나 우리 침실이 그리웠겠늬?

작은 시계의 작은 바늘이 좁은 영토를 순례하는
오직 안타까운 나의 침실이여
푸른 달빛이 해안처럼 흘러 넘치면
너는 작은 배가 되어야 한다

―林아
문을 열어제치고 축겨 올려라
너와 내가 턱을 고이고 은행나무를 바라보는동안
너와 내가 사랑하는 난초는 푸른 달빛을 조용히 호흡하겠지······

여봐
침실의 부두에는 푸른 달빛이 물결치며
빛나는 여행담을 속은거리지 않늬?

―林아
너와 나는 푸른 침실의 작은 배를 잡아타고
또
어데로 출발을 약속 하여야겠느냐?

- <푸른 寢室> 전문

이 작품이 쓰여진 시기는 35년대이기에 정치적으로 억압당하는 상황이고, 경제적으로 풀뿌리 나무껍질로 연명하던 시기였으나 자녀들에게 '희망의 세계'를 바라도록 제시하고 있다. 1연에서 '일림아'라고 부른 뒤 '촛불을 꺼라'고 말한 뒤 푸른 달빛을 침실로 맞이하고 '너는 바다가 될 수 있겠지'라고 완곡하게 묻는다. 그리고 2연에서 '배가 되고', 3연에서는 '부두에서 여행담을 속은거리며', 마지막 연에서 '침실의 배가 출발하는' 내용으로 시상이 전개되었다. 너는 나그네로 꿈을 지니고 성장하기를 소망하는 듯하다.

제 2시집인 ≪슬픈 목가≫에서 두 딸의 이름을 나란히 배열한 시도 있다.

　　이윽고 저 숲새로 푸른 별이 드나들고
　　은하수 흰물결이 숲을 비껴 흐를게다

　　일림아 어서 란이를 데리고 나오렴
　　이끼 낀 돌에 앉어 머언 하늘을 바라보자.

　　　　　　　　　　　　　　- <월견초 필 무렵> 4·5연

인용시의 3행에서 '일림아 어서 란이를 데리고 나오렴'에서 소녀 형제가 나란히 나와 돌 위에 앉아 머언 하늘을 바라보라고 언급한 것은 이상세계를 제시한 듯하다. 그런데 1941년생인 3녀 '소연'이만 시구의 언급이 보이지 않는다.

다만, 제3시집 ≪빙하≫의 '발문'이 신석정의 친구인 백양촌(본명은 신근)한테 부탁하여 썼는데, 이 '발문'은 '머리말'에 준용되는 것으로 그 부분을 인용하여 보기로 한다.

　'그 뒤, 시인은 고향에 머물지 못하고 서성대면서 이따금 고향에 남아있

는 사랑하는 딸 <선아>와 <에레나>의 후원회비랑 책값 때문에 ≪촛불≫
과 ≪슬픈 목가≫의 판권을 쌀 두가마니 값에 넘기게 되었었소 오만한
출판주에게 저신고두 중형이고 판권이고 아랑곳 하지 않겠다는 도장을 찍
어주고 나오실 때의 얼굴을 조심히 더듬어 본 나는 가슴에 덮쳐오는 웅큼
한 무엇을 느끼었소

　　그리운 벗!
　　문학의 길을 시의 길을 걸어온 우리의 인생을 참회하는 서름일까요?[14]

　　인용 '발문'중에서 <선아>가 셋째 딸의 아명이고, 본명은 소연이다.
1941년생으로 부군은 대덕연구단지 지질학 연구소에서 지질학박사로 근무
한다. 그리고 <에레나>는 막내딸의 아명 내지 집에서 부르는 '애칭'이라
한다. 이 <에레나>에 대해서는 이곳에 언급이 없지만 다른 곳에 많이 나오
고 있으니 이 뒤에 말하기로 하고 이 네 딸을 묶어서 작품에서 취급된 시를
찾아 보기로 하자.

　　그 가난한 뜨락에 네 어린놈들처럼 나날이 자라나는 나무와 푸성귀들이
　　철철이 그들의 죄없는 표정을 아끼지 않는 한, 우리는 욕되지 않는 가난을
　　웃으며 이야기할 날을 기다려도 좋다.

　　우리 <란>이와 나이가 거의 맞서는 이십년이 훨씬 넘었을 벽오동낭기
　　나 은행낭기나 먹구슬낭기들이 이젠 고개와 어깨를 서로 맞대고 어우러져
　　그 가지 새이로 푸른 하늘을 뼈조롬히 자랑하고, 시나대 숲에서는 고 작은
　　비비새들이 새끼를 부르고 있고나.

---

　14) 신석정, '발문', ≪빙하≫, (정음사, 1956), 139 - 140쪽

(중략)

　　인제 네 어린놈들이 장성한 뒤, 내가 너의 할아버지처럼 길솟는 지팽이에
의지하고, 그 좁은 뜨락을 거닐 때, <가난>이 욕되지 않는 세월 속에서
흐드러지게 웃어 볼 날을 이 낭기들과 푸성귀 속에 마련해 두자.
　　<고원으로 보내는 시>의 1·2·5연

- <청구원에 부쳐>에서

　　위의 시는 1967년에 간행된 ≪산의 서곡≫에 수록되었다. 이 시집은 700
부로 한정되었는데 신석정의 환갑을 기념하기 위한 시집이다. 그의 출생이
1907년 7월 7일이니까 계산하면 그럴 듯하다.

　　제 1연에 '네 어린놈들처럼 나날이 자라나는'과 제 5연에 '이제 네 어린
놈들이 장성한 뒤'에서 네 자녀들을 말한다. 그런데 이 자녀가 남자인지, 아
니면 여자인지가 불분명하다. 신석정에게는 4남 4녀가 있었다. 장남이 1927
년생으로 효영이며, 차남이 1929년생으로 제영이다. 이 두사람은 지금은 고
인이 되었다고 한다. 그 다음이 1932년생인 장녀 일임이며, 지금 생존한 자녀
가운데 맨 위가 되는 셈이다. 그 다음이 1935년생인 차녀 란이고, 1938년생
인 3남 광연, 1941년생인 3녀 소연, 1943년생인 4녀 엽, 그리고 맨 마지막으
로 1948년생인 해방동이 4남 광만이다.

　　그래서 4남 4녀 가운데 시편에는 아들보다 딸들의 이름이 많이 언급된
것으로 집계된다. 다만 ≪근영수제≫ 마지막 연에서 <영>이 나오고 있는데
여러 상황으로 미루어 막내둥이 임이 틀림없다. 그렇다면 <고국으로 보내는
시>에서 '어린 네놈들이'이 딸들인가, 아니면 아들들인가 분명치 않다. 자녀
들의 형평을 생각하면 사내 아이들 같기도 하다. 그러나 제 2연 1행에서 '우
리 <란>이와 나이가'로 보아서 딸들을 가리킨 듯하기도 하다. 아무래도

사내들은 듬직하지만, 딸들은 남의 집에가 생활하기에 육정의 표현이 더 많지 않겠는가. 신석정이 환갑의 나이에 과거를 회고하면서 어려웠던 생활에 시달린 것을 생각하며, 이제 잘 자란 것이 대견하게 보였던 것으로 판단된다.

다음으로 '其六<영>이에게'가 마지막 연이다. 이 곳에서 말하는 <영>은 누구일까. 축자적으로 생각하면 장남, 차남의 끝글자가 '영'자로 되어 있다. 그런데 시적 분위기와 이 작품을 쓴 연, 월, 일 등으로 살펴볼 때 큰 자제는 아닌 듯하다. 그 이유는 제1연 1행에 나열된 간식들이 어린이들이 즐겨 먹는 것이다. 즉 껌, 비스켓, 강냉이 튀밥, 단쑤수 등과 백일해라는 병명이 대체적으로 어린이들에게 발생하는 질병이다. 그리고 막내둥이 '광만'이를 집에서 애칭으로 <영>이라고 부르는 듯하다. 그 밖에 다른 작품을 살펴보면,

한라산 백록담

꽃속에
말 뛰는
머언 제주도

유자도
탱자도곤
하마 컸으리……

맥랑을
보아도
그리운 너를

장수가
되오리라
<영>이랑 기다린다.

- <다시 제주도> 전문

　이 시는 1952년 5월에 쓴 시인데, 맨 끝 연에서 <영>이랑 기다린다고 말하였으나 사실은 막내 아들 <영>에게 '장수'가 되어다오라고 간접적으로 완곡하게 표현한 듯하다. 이러한 분위기를 고조시킨 작품으로 <소곡문장>에서 '1.팽이'도 같은 맥락에서 재롱동의 장래가 촉망되는 시상으로 되어 있다.

　끝으로 딸 가운데 4녀인 엽의 애칭이 <에레나>인데 이런 류의 시를 살펴보기로 하자.

　　햇볕이 다냥한 창옆에
　　그 새빨간 동백꽃을 두고
　　<에레나> 너를 두고 나 여기 있다.

　　분주히 쏘다니는 삭막한 거리에는
　　봄 머금은 나무도 없고 동백꽃도 없고
　　가는 곳마다 <에레나>는 많아도
　　아무데도 <에레나>는 없더라

　　잠결에 들려오는 밤차 소리에
　　어렴푸시 열리는 먼 고향 하늘이랑
　　구름이 저조 어루만지는 푸른 산들이랑
　　새같이 지즐대는 네 목소리여……

햇볕이 다냥한 창옆에
그 새빨간 동백꽃을 두고
<에레나> 너를 두고 내 여기 있다.

<1924.2.14> <너를 두고> 전문

인용시 <너를 두고>의 부제로 '어린 딸<에레나>에게 보내는 시라고
붙여 있다. 꽃같이 아름다운 딸에 대한 애정이 마치 고향 하늘을 대하는 듯
항상 귀엽게 보인다. 이러한 시상이 <여정 - 대동소이하게 표현되었다. 4녀
의 부군은 서울시내 고등학교 국어과 교사로 재직중이다.

　一章
떠난 지 삼년
지내는 길에 들려선

너도 못본 놈을
내가 안고 입맞추다

산같이 터지는 설음에
길도 못 가누었어……

　二章
오고 가는 길이
밤도곤 어두어서

찾자는 생각인들
선뜻 어디 내키드냐?

만난채 말한마디
못남기고 나왔다.

　　三章
수산은 옛 이야기
매화만 길에 솟아

헛기침 하고 오며
되쳐 뒤를 돌아보니,

<선생님>! 하고 부르며
네가 쫓아 오는가 했다.

- <1952> <哀詞三章> 전문

이 시는 손아래 동서인 장만영의 집을 다녀 오면서 지은 작품이다. 시의
끝에 1952년으로 기록되었으나 장만영과의 관계는 1939년으로 소급된다.

　　이 무렵에 멀리 황해도에서 찾아온 문학소년이 바로 중학을 갓 나온 장
　　만영이요, 중학 2년을 다니던 서정주도 이때에 처음 만난 문학소년이었다.
　　거의 매년 찾아주다시피 만영과 정주는 청구원 시절의 가장 반가운 손님이
　　었으니 그것이 인연이 되어 만영은 나의 동서가 되었던 것이다.[15]

　　문학수업으로 맺어진 인연이 손아래 동서가 되었으며 그로 인하여 황해도
백천을 방문하면서 지은 작품이 <애사삼장>이다. 멀리 떨어져 있는 사람

---

15) 신석정, '못다 부른 목가', 『범우수필집 촛불』, (범우사,1939), 120쪽

만나는 정, 뒤에서 '선생님'하고 부른 정이 현실인 듯 환청하는 정경은 정답기만 하다. 그래서 <애사삼장>의 부제목이 '<M>의 집을 다녀오면서'라고 붙인 듯하다. 'M'은 '만영'의 '만'자에서 연유된 듯하다. 이런 <M자>를 이용하여 범우 수필집 가운데 '전원으로 내려오십시오'라는 제목의[16] 서간문 서두에도 'M형'으로 시작되고 있다. 이 서간문에 전주 고장의 정경, 역사적인 발자취, 서울의 공해 등이 기술되어 있다. 이같이 1939년부터 장만영시인과의 교류는 뒷날 손아래 동서로 연결되었다.

신석정은 이와 같이 시로 인하여 교육계에서 직업을 갖게 되었고, 이어서 큰 사위도 인연을 맺어 전북대 교수이며 시인이고, 3남 광연은 동아일보·경기일보 언론인으로, 4녀 엽의 부근은 서울시내 고등학교 국어과 교사로 손아래 동서 장만영도 문학으로 연관되었다. 이렇게 시와 가정, 생활 차원에서 만큼 역사의식, 참여시와도 관계가 있음을 확증해 준다

4. 시문학 동인 활동

1) 시의 세계 확충기

신석정은 《시문학》 3호에 <선물>을 발표하기 전까지 《조선일보》에 27수, 《동아일보》에 28수, 《매일신보》에 1수, 《중외일보》에 8수, 《신조선》지에 1수, 《신생》지에 4수, 그리고 상경 후 《동광》지에 1수 등, 모두 70수의 작품을 발표하였다.

1930년 3월 초에 신석정은 청운의 뜻을 품고 오랜만에 부안골을 떠나 서

---

16) 신석정, 위의 책, 52 - 63쪽

울에서 객지 생활을 시작하였다. 이 전에 석정을 자극시킬 일이 있었다. 그것
은 1925년 9월 8일 ≪조선일보≫가 3차 정간처분을 받게 된 사건이 있었다.
이 때에 신석정은 조선일보에 작품 발표자로 애독자가 되어 관심이 있을 때
였고, 1925년 5월 31일에 <옛 성터를 다시 밟고>가 발표되었고, 다시 투고
준비―1925년 11월 8일 <나의 손임자>가 준비 완료 상태―에 들어간 때이
니까 신문 기사 하나 하나에 관심을 가지고 있을 무렵에 바로 옆에서 일어난
일이기에, 그것도 문학도인 석정에게 가슴을 설레이게 했다. 이 사람은 바로
외과 의사로 문장 공부를 잘하여 춘원 이광수의 민족개조론을 반박하는 글도
발표한 당대의 문장가였다. 후에 조선일보사 주필까지 역임하였다. 이러한
일련의 사건들이 신석정을 넓은 세계에 접근할 계기가 되었다고 한다. 그
당시 가정은 아내와 아린것(효영과 체영), 소작논 몇 마지기에 매달아 둔 채
훌쩍 떠났다. 이 때에 마명의 소개를 받아[17] 가지고 미리 연통해 둔 성해
이익상의 당주동 집에 2,3일 머문 뒤, 현 동국대학교의 전신인 중앙불교전문
강원에 들어가 석전 박한영 화상의 문하에서 불전을 공부하였다. 공부가 시
작되면서 거처를 경기도 고양군 숭인면 소재의 대원암에서 1930년 3월 5일
부터 31년 10월까지 우거하였다. 이 때 ≪불교 유교경≫과 ≪사십이장경≫
을 배우면서, 문학에 뜻있는 승려를 규합하여 ≪원선≫이라는 프린트 회람지
편집을 맡아봄으로써 문학이라는 고질을 더 알게 되었다.

---

17) 신석정, 「나의 문학적 자서전」, 『난초잎에 어둠이 내리면』, (지식산업사, 1974), 295쪽에
    마명과 같이 꿈꾸던 신문사 창설의 계획이 수포로 돌아간 뒤의 일이었다. 〔취업이 서울
    에서 안되기 때문에 낙향하기로 마음 속에 결정한 일 : 필자 첨가〕

2) 시문학 동인 활동

① 동인지 태동의 배경

1030년 3월 5일 ≪시문학≫ 지의 창간과 더불어 등장한 '시문학파'는 우리 문학사의 전개 과정에서 보면 근대시 운동에서 현대시 운동으로 이행되는 분수령으로 평가된다. 그렇다면 시문학파가 현대시 특질을 갖추었다는 근거가 무엇인가. 이것은 매우 어려운 문제이다. J.아이작스도 이것이 단순한 문제가 아니라 많은 모순점이 내포되어 있다고 아래와 같이 말한다.

> 순수시가 있는가 하면, 그 반대의 시, 보기를 들자면, 사회시나 정치시 등도 있다. 현대시는 그 바탕으로 볼 때 미묘한 색조를 이루고 있는 시가 되고 있기는 하나, 그 구성은 긴장과 갈등의 균형으로 이루어지고 있다.[18]

그러면 우리 나라 문학사의 경우, 1930년을 전후한 순수문학 운동은 다음과 같은 맥락에서 엿볼 수 있다. 사회시나 정치시의 의견은 1924년 신경향파 문학의 대두에서 그 의의를 찾을 수 있고[19], 언어에 관한 자각으로 구성은 긴장과 갈등의 균형이란 관점에서 정지용과 김영랑의 시 전개에서 그 의의를 부여하게 된다.[20] 이러한 언어에 대한 자각이 순수시 운동의 산실이 시문학파에서 비롯되었다고 본다. 그것은 1920년대 후반의 프로문학파와 민족문학파의 편내용적 이념 투쟁이 1930년을 전후해서 문학 자체의 문제로 승화되

---

18) J.아이작스 'The Backrround of Modern Poetry', 이경식(역), 「현대문학의 탐구」, (대운당, 1979), 27쪽

19) 백철, 『국문학전사』, (연구문화사, 1959), 331쪽

20) 정한모 · 김용직, 『한국 현대시 요람』(박영사,1974), 13 - 14쪽, 특히 문덕수는 「한국 모더니즘 시연구」, 17쪽에서 정지용과 김광균의 시작활동이 시작된 1926년부터 모더니즘이 시작된 것으로 보고 있다. 그러나, 이것은 한 두 시인에 의한 것이라고 할 수 있을 것이다.

면서, 특히 시에서 언어의 자율적 자각이라는 현대시적 특질이 형성되었다고 보는 것이 일반적이다.

어느 나라든지 문학예술의 전개는 전통지향성(Tradition Orientation)과 모더니티 지향성(Modernity Orientation)이 변증법적으로 파악되야 한다는 의견이 있다.[21] 그래서 전통지향성으로 민족문학이 시조부흥운동을 전개하였고, 모더니티 지향성으로 태서문예신보와 해외문학파가 변증법적으로 발전결과 시문학파가 형성된 것으로 보인다.

② 시문학 동인의 구성과 활동

시문학파가 형성되기 위해서는 동인 구성원과 동인지를 발간할 필수 요건들이 있어야 한다. 이 산파역을 박용철과 김영랑이 맡았으며 이들은 출신지역도 같고 동경에서 같은 학교를 다녔다.[22] 박용철은 이공계 전공을 할 뜻이었으나, 영랑을 만나면서 문학에 물들었다고 하며, 내가 시문학을 하게 된 것은 영랑 때문이라고 고백하였다.[23] 이런 맥락에서 박용철과 김영랑은 문학의 무명인으로 문학잡지인 시전문지를 운영하게 되었다.

1929년 3월 26일자로 영랑에게 보낸 편지의 일부분이다.

> 양주동군의 문예공론을 평양서 발간한다고 말하면 이에 방해가 될 듯 싶네, 그러나 통속위주일게고 교수 품위를 발휘할 모양인가보니 길이 다르이. 하여간 지용·수주 중 득기일이면 시작하지 유현덕이 복용봉추에 득기

---

21) 김윤식, 『한국현대시론비판』, (일지사, 1982), 241 - 242쪽
   박철희, 『한국시사연구』, (일조각, 1984), 1쪽
22) 김영랑의 고향은 전남 강진이고, 박용철의 고향은 광산군 송정리였으며, 청산학원 중학부에 같이 다녔다.
23) 박용철 전집 2권, '저자약력', 12쪽

일이면 천하가정이라더니 나는 지용이 더 좋으이…… (중략)…… 지명 丹

弓 (丹을 적과 같이 볼 사람도 있는가) 丹鳥·玄燈(너무 신비적)시령 우리

말 단어가 좋은게 있었으면 제일 좋겠는데……24)

이 글에서 박용철이 시문학파의 문학적 방향과 동인의 구성원 등을 잘
나타내고 있다. 즉 양주동이 발행하는 문예공론과 시문학파 성격과 방향이
달라 순수시 운동 전개를 암시하였고, 동인 구성원으로 수주 변영로의 순수
시관, 정지용의 새로운 시, 단궁에서 한국의 전통지향성 등이 잘 나타나고
있다.

이리하여 1930년 3월 5일에 ≪시문학≫ 창간호가 발행되게 되었다. 김윤
식은 <동백님에 빗나는 마음>을 비롯하여 13수, 정지용은 <일은 봄 아츰>
을 비롯하여 4수, 이하윤은 <물레방아>를 비롯하여 2수, 박용철은 <떠나
가는 배>를 비롯하여 시 5수와 외국시집으로 정인보의 <목란시> 1수, 이
하윤의 <폴·포-르(불)이제>, 용아는 <헥토-르의 이별(독,실테르)>와
<미논의 노래(독,괴테)>, 편집 후기, 투고규정이 40쪽에 있다. 이 내용을
보면 김영랑, 정지용, 이하윤, 박용철, 정인보등 5인으로 (조선일보, 1930,
3, 2) 되어있는데, 앞에서 언급했던 29년 3월 26일자 서간문에 변영로(수주)
문제가 언급되었기 때문에 6명의 동인으로 출발되었다.

동인 구성 배경은 '정인보·변영로'는 '시문학파'이전에 문학적 평가가 끝
난 시인으로 이름이 이미 알려져 있었다. 문단적 명분이 있으면서, 정인보는
한시 번역에, 변영로는 순수시관뿐 아니라 영시 번역에, 이하윤은 해외문학
파 주역으로, 중외일보 학예부에 재직중이었기에 저널리즘적 발판을 위해
동인으로 포섭되었고, 정지용은 처음부터 영시번역과 창작시의 언어구상에

---

24) 박용철, 앞의 책, 319쪽

관심이 집중되었고, 나머지 두 사람은 산파역으로 주동 멤버였다.

이러한 박용철의 의도는 시문학 제2호가 (1권 2호) 1930년 5월 20일에 발행되었다. 이 때에 '외국시집란'에 정인보의 한시, 정지용, 김영랑의 영시, 이하윤의 프랑스 시, 박용철의 독일시 번역으로 모두 18수와 창작시 25수로 조화를 이루었다. 그리고 수주 변영로의 창작시가 한 수 실렸고, 김현구의 작품이 4수가 소개되었다. 제2호는 '편집 후기'에서 "이번에 현구씨의 작품을 실게 된 것은 대단한 깃븜으로 역입니다."라는 말과 김현구의 작품 수준으로 보아 편집 동인으로 발탁된 것으로 보인다.

≪시문학≫제3호는 1931년 10월 10일에 간행되었으니 순조롭게 진행이 되지 못했다. 그 이유는 '동인들 사정으로'라고 막연하게 말하고 있으나, 박용철이 김윤식에게 편지한 내용에 "시문학 탈났네, 지용은 시가 못 나오네, 명년부터 진용을 달리하지25)"라는 내용으로 보아 영랑도 "하기야 누구보다도 갓차운 지용형과도 시문학 3호 편집을 싸돌고 내심 충돌이 있었다."26)고 말한 것은 '지용'과 '용아'의 갈등 문제로 보인다. 이러한 상황 속에 신석정과 허보의 작품이 소개되었다 박용철은 이 때 창작시의 질이 핵심과제였기 때문에 신석정과 허보는 다시 객관적 평가를 받은 계기가 되었다 신석정은 이 때 <선물>을 발표하였다.

　　　　하늘ㅅ가에 불근 빛 말업시 퍼지고
　　　　물결이 자개처럼 반자기는 날
　　　　저녁 해 보내는 이도 업시
　　　　초라히 바다를 너머감니다.

───────────────

25) 박용철 전집 2권, 347쪽
26) 김영랑.「인간 박용철」,『조광』, (5권 12호, 1939, 319쪽)

(중략)

주검가치 말업는 바다에는
지금도 물쌀이 우슴처럼 남실거리는 흔적이 뵈임니다.
그 언제 해가 너머갔는지 그도 모른체 하고 -

무심히 살고 쑈 지내는
해─바다─섬─하고 부르지즈면서
내 몸도 거기에 선물하고 시펏슴니다.

- <선물>에서[27]

이 시는 관념, 동요적 요소가 적으며, '물결이 자개처럼 반자기는 날' 등은 1930년대 직유법으로 형태구조가 선명하게 보인다. '하늘'에서 '바다'로, '바다'에서 '나'로 이어져 '하늘'이미지와 '나'의 이미지가 합일의 경지로 어울려 공간 속에서 자신이 신비경에 몰입하는 시상이다. 이러한 시는 <푸른 하늘, 물새, 조개껍질> 등도 무위자연으로 들어가 물아일체가 이루어지는 경지이다. 사실 신석정은 <선물>이란 시를 1929년 1월 30일 《동아일보》에도 발표한 적이 있다. 이리하여 《시문학》지는 제3호로 종간하고 말았다. 아마도 박용철과 정지용 사이에 시의 질적 문제로 의견 충돌이 잘 마무리되지 않았던 것으로 추정된다. "봄 이후 한 편 없네 묵은 것도 하나 내고 싶지 않네 3일 시인이라는 말도 있을까, poetic talent의 문젤세 ……"[28]라고

---

27) 신석정,「신석정년보」,『슬픈 목가 - 신석정선 - 』(삼중랑, 1975), 247쪽에 "1931년(25세) 6월 《시문학》3호에 시<선물>을 발표"에서 31년 6월 3호는 사실과 다름. 이 점은 '석정년보',『범우에세이91 촛불』, (범우사,1979), 138쪽도 1931. 6 《시문학》3호도 틀렸음을 지적한다. 실제 《시문학》3호도 1931년 10월 10일에 발간되었다. (원본을 확인하였음 : 필자)

김윤식에게 호소한 점으로 보아 박용철 자신은 자기 자신의 시적 재능에 의심을 품고 비평가로 나갈 것을 생각했던 것 같다. 이리하여 박용철은 ≪시문학지≫3호의 발행소를 문예월간사로 변경하였다.[29] 이런 관계에서 김윤식은 실망을 안고 각자의 문예활동을 택하게 된 것 같다.

1931년 11월 1일에 ≪문예월간≫창간호 (1권 1호)가 국판으로 간행되었다. 창간사는 이하윤, 논문 6편, 수필 3편, 소설 2편, 시가 11수(그 가운데 박용철 시조가 6수), 편집후기와 기타사항 등이다. 2호는 12월 1일에, 3호는 1932년 1월 1일에 간행되었는데 신석정은 <나의 꿈을 엿보시겠읍니까?>가 게재되었다. 4호는 1932년 3월 1일에 간행되었다. 계속해서 정지용이 빠지고 대신 김기림과 임학수가 추가된 것으로 보인다. 이리하여 문예월간은 시문학파와 해외문학파가 종합된 성격을 띤 종합 잡지였으나 박용철의 건강 악화로 폐간되고 말았다.

1933년 12월 15일에 ≪문학≫창간호가 국판으로 발간되었다. 동인지였으나 박용철 개인의 출자로 운영되었다. 내용면에서 보면 시론지였으며 해외문학을 번역하여 현대문학의 이론적 기초를 다지는데 이바지 하였다. 신석정은 ≪문학≫제 2호에서 <고여한 골에는 물도 흘러 가겠지>, 1934년 4월호 ≪문학≫제 3호에서는 <산으로 가는 마음>을 각각 발표하였다.

1935년 10월에 박용철은 ≪시문학≫을 정리하고 마감하는 의미에서 시문학사 이름으로 ≪정지용시집≫과 ≪영랑시집≫을 간행하였고, 신석정은 이때 발표한 것을 정리하는 의미에서 1939년에 인문사에서 ≪촛불≫시집을 발간하였다.

---

28) 박용철, 전집 2권 347쪽
29) ≪시문학≫3호, 26쪽에 "「시문학」의 자매지로 「문예월간」이란 대중적 문예 월간지를 발행하게 된 까닭입니다."

그러므로 신석정은 시문학파에서 발간된 ≪시문학≫지 3호에 <선물> 1 수, ≪문예월간≫3호에 <나의 꿈을 엿보시겠습니까> 1수, ≪문학≫창간호에 <너는 비둘기를 부러워하드구나>, 2호에 <고요한 물도 흘러가겠지>, 3호에 <산으로 가는 마음> 등 3수를 발표하여 다섯 권의 책에서 5수를 발표하였다.

시문학파의 활동 성과는 우리 나라 시문학사에 순수서정시를 추구하였고, 시 자체의 예술성을 획득하였으며, 외래성과 전통성의 조화를 얻기에 노력하였다고 평가된다.

신석정은 ≪시문학≫을 통하여 많은 문인 관계를 맺었다. 낙원동 시문학사에서 작품 <선물>로 인하여 박용철과 상견례를 끝내고, 검은 명주 두루마기에 버선을 점지하고, 얼굴이 검은 데다가 유달리 웃인중이 긴 촌뜨기 정지용, 매끄럽게 사투리를 잘 쓰는 김영랑, 외국어로 세련된 이하윤, 동아일보사 학예부 편집실 문 밖까지 전송을 나오고, 정중하게 맞이해 주는 춘원 이광수, 동광사에서 시 원고를 내놓고 가라던 주요한은 너무 쌀쌀맞아 다시 찾아볼 엄두도 없었고, 불교사에서 듣던 만해 한용운 스님의 거만 무쌍하면서도 다정해서 그칠 새 없는 장광설은 구수하고, 중앙불교 전문강원에서 동무삼아 이은상을 찾아뵙는 조종현, 조선일보사에서 반겨주는 편석촌, 매일신보사 현관에서 초췌한 얼굴로 나를 맞아주던 최서해의 그 초라한 모습, 그 외에 문예월간을 통하여 임학수, 이봉구 선배님을 모시는 안서, 가람, 조운 등은 모두 이 때에 알게된 문인들이다.

1932년 10월에 불교 전문 강원에서 ≪대승기신론≫강을 마치고 석전스님이 "신군도 이제 기신론을 끝냈으니 신심이 나는가?"했을 때 "저는 불전을 학문으로만 공부했을 뿐 종교로 배운 것이 아닙니다."고 답하니 "신군은 헛것을 배웠구먼……"이란 여운을 간직한 채, 문우들의 말림도 뒤로 하고 부안으로 낙향하여 가난과 싸우면서 인생을 건설하겠다는 결심을 가족과 함께 실천에 옮겼다.

그러므로 시문학파를 통하여 전원적, 목가적 낭만주의 시풍은 초기시의 기본 정신을 이루고 있으나, 역사의식으로 저항 정신도 병행하고 있다.

Ⅲ 석정시의 형성과 영향 ───────

　신석정의 시세계가 형성되는 과정은, 그가 기존의 문학적 관습으로부터 어떠한 측면을 받아들였으며, 이러한 수용이 그의 시세계에서 어떻게 드러나고 있는가를 확인하는 데에서 출발한다. 따라서, 본 장에서는 신석정의 시작품 속에서 이들 간의 영향관계를 파악하여 석정시가 지닌 특성을 규명하려는 데에 그 궁극적인 목표가 있다.

　문학연구에 있어 영향이라는 말은 비교문학적 견지에서 쓰여지는 용어이다. 19세기 말에 문학연구의 새로운 분야로 확립된 비교문학은, 제반문학의 지대한 영향을 끼쳤던 생물학의 진화론으로부터 영향을 받아 이루어진 문학연구의 한 방법론이다. 비교문학은 방법적인 측면과 연구 대상에 따라 크게 두 범주로 구분된다. 첫째는 주제학에 관한 연구로, 이는 중심학문을 연구하는데 도움을 주는 방계학문에 대한 관심이다. 즉, 문학과 관련되는 사회학, 장르학 등의 주변문학간에 발견되는 연관성을 연구하는 것이다. 둘째는 창작된 한 작품과 이의 영향을 받아서 이루어진 다른 한 작품과의 관련성을 연구하는 것이다.

　본고에서 다루려는 영향관계의 연구는 후자에 속하는 것으로 서로 다른 작품 간의 문학적 수수관계를 연구하려는 것이다. 석정의 시와 석정이 규범적 대상으로 삼았던 문학작품 혹은 시인들과는 관계를 수용이라는 입장에서 살펴보려는 것이다. 이는 결국 석정의 시가 형성되는 기초적 자질을 파악하고, 그럼으로써 석정의 시에서 드러나는 영향관계를 확인해 보려는 데에 그 의도가 있다.

이러한 영향연구는 다시 두 가지 방법으로 나뉜다. 그 첫 번째는 직접적인 접촉에 의한 연구로 나뉜다.[1] 두 번째는 실제 접촉이 없는 상황에서 두 작품이 어떤 유사성을 가질 때 이들 사이의 유사점을 비교하거나 상이점을 대조하는 것이다.[2]

본 장에서는 신석정의 시가 형성되는 과정을 이해함에 목표를 두고, 그의 영향 관계를 수용적 측면에서 살피고자 한다. 따라서, 그 연구방법에 있어서는 첫 번째 방법을 채택하고자 한다. 즉 한 작가가 실제로 다른 한 작가의 작품을 읽거나 사숙하여 자신의 작품을 창작하는데 커다란 역할을 하게 되는 경우이다.[3] 신석정의 경우 가장 커다란 영향관계는 조장과 도연명, 그리고 만해와 타고르와의 관계에서 찾아질 수 있다고 가정하고 이에 대해 확인을 하는 방법으로 접근하고자 한다.

석정의 시 연구에 있어 영향관계의 연구는 석정의 작품을 이해하는데 결정적 요소가 되기 때문에 석정에게 영향을 준 작가나 사상을 면밀히 천착할 필요가 있다. 석정이 영향받은 여러 가지 요소들이 어떤 방법으로 석정시에 투영되고 있으며, 이렇게 영향받은 석정시는, 영향의 한계 속에서 얼마만큼의 독창성을 획득하고 있는지 살펴보고자 한다.

---

1) Urlich Weisstein (이유영 역), '영향과 모방', 「해외문학」, 1979, 111쪽. 이 글에서 문학에서의 영향관계를 번역 - 번안 - 영향의 단계로 발견된다고 한다.
2) 이를 대비연구라고 한다.
3) 비교문학에서 말하는 영향관계는 국외작가를 중심으로 하고 있으나 본고에서는 국내작가와의 영향관계, 그리고 국내 작가를 통한 2차적 영향관계까지를 연구의 대상으로 삼고자 한다.

1. 노장 · 도연명의 자연사상과 석정시의 자연

석정은 어려서부터 한문을 읽었고 한문을 배우는 동안 한시를 많이 섭렵하여 이것이 훗날 그의 시작 생활에 많은 영향을 끼친다. 특히 노장사상에 심취하는 한편, 이태백, 도연명의 시를 좋아하였으며, 허유, 소부와 같은 사람의 삶을 무던히도 부러워하여 그들처럼 살고자 노력하였다.[4]

이들의 삶은 신석정에게 갑자기 나타난 세계는 아니다. 공자의 실천적 사상이 동양의 지배적인 정치이념으로 자리잡은 이래, 현실은 언제나 대결하는 싸움터로서 이질적인 요소와 요소들 간의 충돌의 장이며, 승리와 패배, 득의와 실의가 교차되는 결전의 장이다. 이러한 현실 속에서 인생의 달관을 강조하여, 전원에 묻혀 강호한정, 안빈낙도를 중시하는 노장사상이 문학하는 이의 관심세계가 되는 것은 당연한 것이다. 이러한 두 가지 갈림길 속에서 이태백, 왕유와 같은 시인은 높은 벼슬을 누리며 호사스런 시작생활을 하였다. 이에 반해 정치적 소용돌이 속에서 자의적이든 타의적이든 권력층으로부터 멀어졌던 문인들은 강호에 묻혀 강호한정을 읊으며 은밀하게 생활하였다. 이러한 류의 대표적인 인물이 죽림칠현과 도연명이다.

이들의 삶은 중국의 지대한 영향권에 있었던 고려, 조선을 통하여 문학자들에게 많은 영향을 끼쳤다. 고려말에 해동칠현이나 조선의 이현보, 윤선도, 이황 등이 그들의 삶을 본받고자 한 대표적 인물이기도 하다. 이들은 삶에서뿐만 아니라 문학세계에서도 귀거래하여 안빈낙도하는 모습을 핍진하게 그려내고 있다. 특히 농암 이현보는 일찍이 사가를 얻어 명농당을 짓고 그 벽

---

4) 석정이 영향을 받았음은 그의 자전적 수필집인 「난초잎에 어둠이 내리면」(지식산업사, 1974)에 자주 나타난다. 26, 72, 74; 204, 206, 272, 275, 284, 292, 297, 309 - 311쪽 등을 참고하기 바란다.

위에 <귀거래도>를 그려 강호의 뜻을 표방하였다. 이것이 도연명의 뜻을 좋아함에서 비롯한 것임은 물론이다. 그의 전하는 시조 10수 중 어부의 생활을 읊고 있는 것이 5수나 되는 것으로 보아도 그가 얼마나 자연을 사랑했는가를 알 수 있다. 그의 작품 중에는 도연명의 뜻을 좋아하여 제목마저 <효빈가>로 붙인 시조가 있다.

> 귀거래 귀거래 말뿐이오 갈리 없으니
> 전원이 장무하니 아니가고 어쩔꼬
> 초당에 청풍명월이 드나듦이 기다리나니[5]

이러한 귀거래의 뜻은 이현보 뿐만 아니라 퇴계 이황도 <도산십이곡>에서 귀거래의 늦음을 한탄하고 있고, 고산 윤선도도 <어부사시사>등의 시세계를 이어받았음은 그가 풍류의 고장인 전북 부안 태생이라는 것과 무관하지 않으며[6], <정읍사>의 유래지인 정읍에서 거주하며 작품활동을 하였다는 것과도 관계가 있다. 전주 인근 태인은 바로 불우헌 정극인의 작품이 강호가도의 절정을 이룬 절창임을 이야기 하고 있다.[7]

먼저 불우헌의 <상춘곡>의 일절을 살펴보면,

> 홍진에 뭇친분네 이내 생애 엇더한고
> 녯사람 풍류를 미칠까 못미칠가
> 천지간 남자몸이 날만한이 하건마는

---

5) 심재완, 「역대시조전서」, 121쪽, 노래번호 347 (필자에 의해 현대어로 표기함)
6) 이곳에서 현재 전국에 단 하나 남은 풍류객의 놀이방인 율방이 있으며, 명승으로 이름난 내소사 채석강 등이 있는 고장이다.
7) 신석정, 앞의 수필집, 347쪽

산림에 뭇쳐이셔 실락을 모를것가
수간모옥을 벽계수 앏패두고
송죽울울리에 풍월주인 되어셔라
엇그제 겨울지나 새봄이 도라오니
도리행화는 석양리예 퓌여잇고
녹양방초는 세우중에 프르도다
칼로 몰아낸가 붓으로 그려낸가
조화신공이 물물마다 헌사롭다 (이하생략)[8]

　　라고 되어있어, '송죽울울리', '도리행화', '칼로 말아낸가 붓으로 그려낸가' 등의 표현으로 보이듯이 자연경관의 아름다움을 극찬하고 있다. 특히 봄의 느낌도 자신만의 세계를 상징적인 세계로 인식하여 '조화신공'이라 하였음은 현실과 이상향과 관련을 직접적인 것으로 보여준다. 즉 자연의 모습을 매체로 하여 자신과 '녯사람'과 '신'이 풍월주인으로 만나게 한다.

　　봄이여 -
　　나는 당신이 이 명랑한 녹색침대를 가져온줄을 누구보다도 잘 알고
　　또 나로 하여금 고요한 잠을 재우기 위하여 해도 채 저 산을 돌아가기
　　전에
　　저 아득한 먼 숲의 짙은 그늘 밑에서 평화한 밤을 준비여 안개 자욱한
　　호수우호로 가만히 나에게 보낼 것을 알고 있습니다.

　　신석정이 이 시 <봄이여 당신은 나의 침대를 지킬수가 있음니까>는 그의 전기 시집 ≪촛불≫에 수록되어 있는 시이다. <상춘곡>과 마찬가지로 '녹

---

8) 박성의, 「한국가요지학론과 사」 (예그린 출판사, 1978), 426 - 427쪽에서 재인용

색침대'로 현양된 자연의 모습이 매개항이 되고 있으며, '나'로 하여금 '고요한 잠을 재우'는 역할을 담당하고 있다. 즉 '잠'과 '평화'로 상징되는 몽환적 이상세계를 자연을 통해 제시한 점은 이상향을 향한 귀거래 의식으로 설명된다.

이렇듯 신석정의 귀거래 의식은 조선조 유학자들의 의식과 전통적 맥락을 같이하며, 자신이 태어나 살아왔던 고장의 원형적 의식에서 비롯된다.

그런데 조선조 문학자들의 귀거래 의식은 크게 두 가지로 나누어 볼 수 있다. 하나는 순수하게 자연의 아름다움만을 향유하기 위한 자율적인 귀거래이며, 다른 하나는 현실의 불만을 뒤로 하고 자연에 숨어 운둔하는 타율적인 귀거래이다. 자율적 귀거래 의식은 세속의 더러움을 느낄 수 없었던 농부, 강호 생활의 상징적 존재인 도연명 허유, 어자능을 본받고자 한 경우를 예로 들 수 있다. 이들의 작품 속에 순수한 자연에의 귀의, 연찬미가 그 주요 내용이 된다. 이와는 달리 타율적인 귀거래 의식은 유가적 예의 규범에 대한 회의와 부정에서 형성된 독자적인 세계로 보전하려는 은일적 자연친화인 것이다. 중국의 강태공과 굴원 등을 대표적인 예로 들 수 있다. 그러므로 이와 같은 귀러래 의식은 현실에서 문제를 극복하지 못한 채 이러한 부정의식을 자연에서 대신하려는 은둔사상의 소산이라고 할 수 있다.

석정의 경우는 어느 한 쪽에 일방적으로 귀착시킬 수 없다. 그의 초기시의 경우, 외형상으로 전자의 경우에 해당하는 것처럼 보이지만 실제 작품의식에서 본다면 그의 시는 후자에 해당된다. 결국 완전한 자연을 그리워하고 동경하면서도 그 이면에는 현실을 이해하고 있기 때문이다. 다만 석정이 그리워하며 세태비판을 하고 있는 것에 반해, 석정은 현실이라는 보다 넓은 범위의 절망을 부정하고 있다는 점이다. 즉 이상향에 대한 지향을 자연이라는 매개로 표현했다는 점에서는 일치를 보이나, 은일의 태도를 부정하는 현실적 대상에서 그 차이를 드러낸다.

푸른 웃음 엷게흐르는 나지막한 하늘을
학타고 멀리 멀리 갔었노라

숲길을 휘돌아 언덕에 왔을 때
그것은 지낸날 꿈이었다고
하늘에 떠 도는 구름을 보며
너는 그렇게 이야기 하드구나!

깨워지지 않을 꿈이라면 그 꿈에서 살고 싶어라
그 꿈에서 길이 살고 싶어라

굽어든 언덕길을 돌아서 돌아서
오든길 바라다보는 아득한 네 눈에는
그 꿈을 역역히 보는 듯이
너는 머언 하늘을 바라보드구나!

꿈이 아니면 찾을 수 없는
아 그 꿈에서 살고 싶어라

숲길을 휘돌아 실개천 건널 때
너는 이렇게 이야기 하드고 -
그때 산비둘기는 뚝에서조으느라고
우리의 이야기를 엿들을 사이도 없었건만
낮에 뜬 초승달이 나려다 보던 것을 -

- <아 그 꿈에서 살고 싶어라> 전문

이 시 <아 그 꿈에서 살고 싶어라>에서 보더라도 자연의 의미는 같은 맥락을 보이고 있다. 시어의 구사와 구성이 마치 장자의 호접지몽의 구조와 사상을 보여주는 듯 하다.9) 1연의 '푸른 웃음', '학', 2, 3, 4, 5연의 '꿈'의 이미지 등은 이미 노장의 뜻을 담고 있는 것이다. '푸른 웃음'은 신선의 얼굴을 형용하며, '학'은 신선이 타고 다니는 성스러운 새임은 두루 알려진 바이다. 이 꿈은 바로 다름 아닌 호접지몽의 꿈을 나타내고 있는 것이다. 석정은 학을 타고 날아가 보았던 꿈의 세계를 그리워하는 것이다. 그 곳이 꿈의 세계가 아니라면 이 현생과 바꾸어 꿈인지 현실인지, 나비인지 사람인지 모를 듯이 살수 있는 곳을 기대하는 것이다. 현실과 이상향이 하나로 합치될 수 있다는 가능성을 장자의 사상을 통해 체득하고 있는 것이며, 이러한 그의 사상을 시로써 승화시켜 놓은 것이다.

도연명의 수많은 시와 문장 중에서도 특히 <도화원기>를 좋아하였다는 기록은 <도화원기>의 무릉도원이 석정의 이향상 설정에 직접적인 영향을 주었다는 말로도 설명된다. <도화원기>를 보면, 한 어부가 강에서 고기를 잡다가 강물에 도화가 실려 떠내려옴을 보고, 떠래려 오는 꽃잎을 따라 거슬러 올라가 보니 별천지가 있었고, 그곳에 살고 있는 사람들은 세대가 바뀌는 것 조차 모른 채 즐겁게 생활하고 있었다. 어부가 다시 나와 태수에게 이야기하고 그곳을 찾아 보았으나 결국 찾을 수가 없었다. 여기에서 어부는 별천지를 찾는 사자의 역할을 담당하며 이 역할은 꽃잎이라는 자연물이 매개항으로 존재하면서 가능해진다. 그리고 이 작품을 통해서 알 수 있는 것은 공간의

---

9) 장자(이원섭 역), '제물론', 「장자」, (대양서적, 1971), 188쪽
   "예전에 나는 나비가 된 꿈을 꾼 적이 있다. 그 때 나는 기꺼이 날아 다니는 한 마리 나비였었다. 아주 즐거울 뿐 마음에 안맞는 것은 조금도 없었다. 그리고 내가 장주임을 조금도 자각하지 못했다. 그러나 갑자기 깬 순간 분명히 나는 장주가 되어 있었다. 대체 장주가 나비된 꿈을 꾸었다."

상실과 동시에 초월이라고 볼 수 있다. 어디에나 있을 수 있으며 또한 어디에도 없는 공간이다. 바꾸어 말하면 현실적인 공간도 도원의 세계가 될 수 있다는 확신이다. 신석정 시에서 일관되게 드러나는 꿈의 세계는 이러한 세계관을 바탕으로 하고 있는 것이다.

어머니
당신은 그 먼 나라를 알으십니까?

깊은 삼림대를 끼고 돌면
고요한 호수에 흰 물새 날고
좁은 노루새끼 마음 놓고 뛰어 다니는
아무도 살지 않는 그 먼 나라를 알으십니까?

- <그 먼 나라를 알으십니까?> 1, 2연

위의 인용한 시는 <그 먼 나라를 알으십니까?>의 1, 2연이다. 비록 전체를 인용하지는 않았지만, 충분히 이상향의 모습과 성격을 읽을 수 있다. 시 속에 표현된 '먼 나라'는 완전한 아름다움과 정적의 공간이다. 이것은 현실을 인식의 배경으로 하지 않을 수 없는 시인의식에서 비롯된다고 할 때, 1930년대 한국의 현실적 상황과 결부시켜 생각해 볼 수 있다. 그러므로 현실의 중압감이 심하면 심할수록 시인이 그리는 '먼 나라'는 현실과의 거리가 멀어질 분이다. 물론 이러한 이상향의 설정은 상상력의 소산이며, 그 상상력은 현실에 대한 반어적 표현으로 확장된다. 이런 내밀한 내용을 시인은 청자인 어머니만 대화의 상대로 선정한 것은 암울한 현실을 인식한 까닭이리라. 또한 표현 방식도 "알으십니까?, 잊지마서요, 기웁시다, 돌아옵니다, 따지않으렵니까?" 등이 서술종결형어미를 경어체로 사용한 형식적 특징이 엿보인다.

이와 같이 완전한 이상향의 세계를 동경하는 시인의 바램은 다음의 시 <날개가 돋혔다면>에서도 여실히 드러나고 있다.

어머니
만일 나에게 날개가 돋혓다면

산새새끼 포르르 포르르 멀리 날어가듯
찬란히 피는 밤하늘의 별밭을 찾아가서
나는 원정이 되오리라 별밭을 지키는 ……
그리하여 적적한 밤하늘에 유성이 뵈이거든
동산에 피는 별을 고이 따 던지는 나의 작란일줄 아시오

그런데 어머니
어찌하여 나에게는 날개가 없을까요?

어머니
만일 나에게 날개가 돋혓다면

석양에 임금같이 붉은 하늘을 날러서
똥그란 지구를 멀리서 바라보며
옥토끼 기르는 목동이 되오리다 달나라에 가서 ……
그리하여 푸른 달밤 피리소리 들려 오거든
석양에 토끼 몰고 돌아 가며 달나라에서 부는 나의 옥퉁소
인줄 아시오

그런데 어머니
어찌하여 나에게는 날개가 없을까요?

- <날개가 돋혓다면> 전문

<날개가 돋혓다면>에서 보여주고 있는 바와 같이 신석정의 상상력 속에서의 무릉도원은 분명 '달나라'이다. 시적화자는 '날개'만 있다면 '달나라'에 찾아가서 아름다운 별밭을 지키는 정원사가 되겠다고 반복해서 '어머니'에게 말하고 있다. 또한 '달나라'에서 '옥토끼'를 기르며 '푸른 달밤'에 '옥통소'로 피리를 부는 꿈의 세계를 상상하고 있다. 이시에서 '나'는 도연명의 <도화원기>에서 '어부'이며, '달나라'의 '별천지'이다. '날개'가 없어 그렇게도 애타게 그리는 '달나라'에 갈 수 없는 현실적 공간에 머물 수 밖에 없는 '나'는 <도화원기>의 시적 발상화 흡사하다. 시인이 화자를 통해 끊임없이 상정하고자 하는 세계는 '푸른 달밤'에 '옥통소' 피리를 볼 수 있거나, 별밭을 지키는 '원정'이 되어 밤이면 밤마다 적적한 밤하늘에 아름다운 '유성'을 수 놓을 수 있는 유현한 공간이다.

이와 같이 신석정의 초기 시편들 가운데는 노장사상과 도연명의 사상을 받아들여 시화해 놓은 것 같은 인상을 주는 시들이 많이 눈에 띈다. 물론 석정의 이러한 시의 의미구조를 밝혀 내는 작업은 장을 달리해서 면밀하게 살펴보아야 할 과제이지만 초기시에 흐르고 있는 사상적 영향관계의 수수관계도 석정의 시를 포괄적으로 이해하는데 반드시 선결되어야 한다.

2. 타고르와 만해와 석정의 님

석정이 어려서부터 한문(노장과 한시)를 많이 읽어 그것이 시 창작에 많은 역할을 하였음은 앞에서 이미 언급한 바 있다. 그런데 그의 시 속에는 노장사상이나 한시의 영향 이외에도 만해 한용운과 타고르의 여향을 받았다는 흔적이 빈번히 발견된다. 기존 연구의 성과에서 보더라도, 석정의 시가 여러 가지

각도에서 만해와 타고르의 영향을 받았다는 점을 밝히고 있으며, 석정 자신
도 많은 영향을 받았다고 토로하고 있다.[10]

어려서부터 한문을 읽고 「파우스트」와 같은 서양고전을 섭렵하던 석정은
동양사상에 심취하여 노장사상을 굽어보기 시작하고, 끝내는 불교철학을 섭
렵할 생각으로 당시 불교계 교종의 거벽 석전 박한영 스님의 문을 두드린
것은 그의 나이 스물 네 살 나던 해이다.[11]

석정은 석전님으로부터 『불유교경』, 『사십이장경』, 《대승기신론》 등을
배우는 중 시문학사의 시인들과 만나게 되며, 그에게 지대한 영향을 주게
될 만해와도 만나게 된다. 석정은 틈이 나는대로 불교사에 들러 한용운을
만나기를 거의 주기적인 일과로 한다.[12] 이때 만난 한용운은 석정의 시에
결정적인 역할을 하여 석정시의 형식와 내용, 심지어 어투와 시어의 선택까
지 영향을 미친다.

이미 알려진 바대로 만해는 인도의 시성 타고르의 많은 영향을 받은 시인
이다. 만해가 최초로 발표한 작품에 해당하는 것은 <심(心)>이다. 이 작품
은 1918년 그가 주재한 「유심」의 허두에 실린 작품이다. 그런데 여기서 우리
가 간과할 수 없는 사실은 이 작품을 실은 「유심」 창간호에 타고르의 산문
<생의 실현>을 우리말로 옮겨 놓고 있다는 점이다. 잘 알려진 바대로 <생
의 실현>을 그 원명이 Sadhgana로 된 글이다. 그리고 거기에는 타고르의

---

10) 서정주, '신석정과 그의 시', 「한국의 현대시」, (일지사, 1969), 184쪽
　　정태용, '신석정론', 「현대문학」, 19967. 3. 264쪽
　　김해성, '신석정론 - 전원목가적 사상과 경어체 연구 - ', 「현대한국시인연구」, (대학문화
　　사, 1985), 292쪽
　　허형석, '신석정 연구', 경희대 대학원 박사학위논문, 29 - 36쪽
　　신석정, 「난초잎에 어둠이 내리면」, (지식산업사, 1974), 284 - 285쪽
11) 신석정, 위의 책, 284쪽
12) 신석정, 위의 책, 285쪽

중심사상으로 일컬어지는 자아와 초극과 대아의 귀의, 절대적 세계를 향한 지향의 필요가 역설되어 있다. 그것을 만해는 자신이 주재한 잡지에 그것도 자신의 처녀작과 같은 호에 수록시켜 놓았다. 이런 사실을 통해서 우리는 얼마간의 추측을 가져볼 수 있다. 아마도 타고르에 대한 만해의 관심은 그 뿌리가 상당히 일찍부터 박혀 있었으리라 예상된다.[13]

한용운의 유일한 시집 ≪님의 침묵(회동서관,1926)≫에서 보면, 제목을 <타골의 시(Gardenisto)를 읽고>라고 한 작품이 실려 있다. 이외에도 타고르의 영향을 받은 흔적을 여러 곳에서 찾아볼 수 있다. 이렇듯 한용운에게서 커다란 비중으로 드러나는 타고르와 석정의 관계를 규명하기 위해서는, 먼저 타고르에 대한 이해가 선결되어야 한다. 특히 우리 나라에 소개된 타고르의 모습에 관심을 갖고 살피기로 하겠다.

타고르는 동양인으로는 처음으로 노벨문학상을 수상했던(1913) 시인으로 인도의 시성이라고 불리운다. 그가 노벨상을 타고 <기탄잘리>(Gitanjali)가 영역되자(1913), 예이츠(Yeats)는 긴 서문을 붙여 격찬했고 또한 지드(Gide)가 곧 불어로 번역할 정도로 서양에서도 그 평가가 대단했다. 이 열광의 도는 일본의 물결을 타고 한국에까지 밀려왔다.[14] 타고르는 일본을 세 번, 중국을 두 번 방문하였지만 한국엔 한번도 온 적이 없다. 첫 번째 일본 방문은 1916년이었다. 이 때 『청춘』을 발간하던 최남선은 진학문을 시켜 타고르와 면담하게 하여 다음 해 『청춘』11월호에 그의 이력소개와 함께 현지 르뽀, 작품 등을 소개하고 있다. 이에 이어 오천석은 창조의 동인자격으로서 시와 번역시, 기타 잡문들을 창조에 발표하고 있는데, 이 때 7, 8호(1920.7 - 1921.1)에 발표한 타고르의 작품은 <기탄질리>(GITANJALI)로서 1에서 18까지 번역,

---

13) 김용직, '한용운에 끼친 R.타고르의 영향', 「한용운 연구」, (새문사, 1982), Ⅳ - 2쪽
14) 정한모, 「한국현대시문학사」, (일지사, 1982), 394쪽

발표하였다. 또한 안서 김억은 타고르의 대표 작품을 거의 다 번역, 소개하였다. 안서는 번역시집으로 ≪기탄자리≫(이문관, 1924. 4. 3), ≪신월≫(문우당, 1924. 4. 20), ≪원정(동산직이)≫(평문당, 1924. 12. 7)을 잇따라 간행하였다.[15]

이렇게 발간된 타고르의 시집은 당시 시문학계 일대 선풍을 일으킨다. 이제까지 우리의 시단은 거의 모든 시가 연으로 나뉘우고 운문적 요소를 갖춘 시만이 창작되었다. 여기에 발표된 프랑스 상징파의 시편들은 낱말 하나하나의 기능적인 효용을 최고로 활용하는 시이기 때문에 번역시로서는 의미 전달이 어려웠다. 이에 비해 타고르의 산문시는 낱말의 기능적인 면 보다는 의미 내용이 중심을 이루었기 때문에 원시의 의미 내용을 정확하게 전달할 수 있었다.

이러한 분위기 속에서 만해는 타고르를 접하게 된다. 이때 느낀 만해의 정신적 충격은 작품을 통해서 나타나게 된다. 먼저 그가 영향을 많이 받았던 타고르의 작품 중 오천석에 의해 번역된 <기탄잘리>의 1장을 살펴보자.

> 님은 저를 무궁케하시니, 이것이 님의 깃거음이서이다. 이 깨어지기쉬운 동이를 님은 여러번 뷔우고, 새롭은 생명을 쉬임업시 채우서이다.
> 산을 넘고 골작을 건너 가져온 이 조그만 갈닙 피리로, 님은 새롭게 곡조를 누리에 부서이다.
> 님의 죽엄업는 손이 와다을 째저의 조고만가슴은 반가움에 경계를 일코, 입을 용히 말을, 내일슈업서이다.
> 님이 주시는 끗없는 선물은 오직 저의 이 조고만 손으로 밧서이다. 째는 흐르서이다. 그러나 님은 아직까지 붓지마는 뷔인자리가 남앗어이다.[16]

---

15) 정한모, 위의 책, 394쪽
16) 창조 7호(1920. 7) 70쪽에 <기탄자리 gitanjali 타고르시집>으로 명기되어 있다.

인용된 시에서 볼 수 있듯이 행구분을 하지 않은 점이나, 절대자인 '님'을 상정하고 있음은 만해의 시집 ≪님의 침묵≫의 전편에 걸쳐 나타난다. 김억이 번역한 타고르의 시집 ≪신월≫, ≪원정≫에도 줄글의 형태를 취한 자유시가 대부분이다. 한용운은 「창조」, ≪원정≫, ≪기탄자리≫, ≪신월≫ 등을 읽으면서 깊은 인상을 받았고, 행과 연을 구분하지 않은 산문시를 쓰게 되었으며, 자신의 '님'을 만들어 내게 된다.[17]

타고르의 시 속에 드러난 의미와 내용, 그리고 주제의식 역시 한용운의 그것과 몇 가지 유사점을 드러낸다. 타고르의 인격의 통일과 영혼의 평화와 고요함을 사랑하는 동양의 예지로 흠모하였으며, 이를 신념으로 삼고 있었기 때문에 일본 제국주의 침략성에 대해 날카로운 비판을 잊지 않은 의지의 시인이었다. 이러한 사유의 끈은 한용운으로 하여금 자유에의 사랑, 복종(절대자, 민족, 사랑에의 복종)의 절실한 신념, 독립에의 의지 등을 심어 주었다. 이들이 느낀 사상적 체온은 노래 음악 등의 제재로서 현양된다. 이는 구도적 자세로서 유사점이며, 기도문적인 문체의 성립을 지니게 되는 동인이기도 하다. 또한 이들 두 사람, 즉 타고르와 만해에게 있어 가장 중요한 유사점은 '님'이란, 대상에의 관심이다. 이 때의 '님'은 두 시인 모두 부정칭으로서의 대상이다. 누구를 구체적으로 지칭한다고 말할 수 없다. 바꾸어 말하면, 어떤 대상도 '님'이 될 수 있다는 것이다. 그만큼 '님'은 포괄적이며 절대적인 초월 세계의 존재이다. '님'은 구원과 소망의 기대를 제공할 종교적 대상이며 동시에 그리움의 대상이기도 하다.

신석정의 시에서 '임'과 '어머니'의 역할도 이러한 맥락에서 이해해 볼 수 있다. '어머니' 앞에서 시적 화자가 동심지향의 태도를 보이는 것도, '어머

---

17) 이에 대해서는 김용직 (앞의 논문, 1982)에서 세밀한 분석이 이루어 지고 있다.

니'에게 의지하지 않으면 안될 현실적 인식에서 비롯한 것이다.

석정이 타고르를 접하게 된 계기는 대략 세 가지 경우로 나누어 생각해 볼 수 있다. 첫째는 당시 큰 인기를 끌었던 잡지들과의 만남이다. 즉 「창조」 가 발간되어 거기에 실려있는 타고르의 시를 읽고 영향을 받은 것이다. 누차에 걸친 자술에 의하면, 석정이 처음 「창조」를 접하게 된 것은 고향 부안에서 문학수업을 하던 18세(1924년)때였다. 둘째는 안서 김억과의 만남이다. 안서는 1922년 타고르의 작품을 번역하기 시작하였는데, 이후 많은 번역시집을 내게 되고, 이와 같은 안서의 타고르에 대한 관심이 석정과의 만남을 통해 자연스럽게 이어질 수 있었다. 이들이 처음 만날 수 있었던 것은 에스페란토어 지방강좌를 위해 김억이 전북 부안에 내려왔을 때이며, 그 이후 석정이 상경한 이래 잦은 서신왕래와 교분이 시작되었고, 이때부터 본격적으로 석정은 안서에게서 타고르를 배우게 된다. 셋째는, 석정이 상경하여 만해의 집을 찾아다니며 그로부터 불교, 시, 인간적 풍모 등을 배우게 되면서 타고르의 문학세계도 아울러 배우게 된다. 결국 석정은 여러 가지 측면에서 타고르를 받아들일 수 있었으며, 그럼으로써 자신의 시 속에 타고르의 사상을 육화시킬 수 있었다.

비록 만해와 석정이 타고르를 직접 만난적 없이 번역된 글과 시작품만을 통해 사숙하였으면서도, 작품의 영향관계를 드러낼 정도로 관심을 기울였던 이유는, 이들이 살 고 있었던 크로노토프의 유사성 때문이었다. 타고르가 살았던 당시의 인도는 영국의 식민지 상태였다. 그의 시가 구원의 기대라는 형식적 특질을 드러내는 것도 바로 그 암울한 세계 속에서 부정적인 현실을 극복하려는 자유에의 의지를 확인하기 위한 진정한 구도였기 때문이다. 이를 위해 우의적인 표현과 찬미, 경배의 노래 형식을 빌지 않을 수 없었던 것이다. '기탄잘리'라는 제목의 뜻이 '바치는 노래'임은 이를 잘 말해주는 것이다.

만해와 석정이 살아온 혈실 또한 궁핍한 시대임은 타고르의 경우와 마찬가지이다. 이들이 살아온 시대란 일제 강점기의 암울한 시대였다. 모순적인 선택을 강요받을 수 밖에 없는 궁핍한 시대였다.[18] 이들은 외세와 민족 역량의 엄청난 질곡 속에서 저항과 무저항 사이의 민족적 딜렘마에 빠지게 된다. 현실개조도 할 수 없는 무력감 속에서 세상은 상대적으로 더욱 강력해가고 있는 것이다. 만해가 불교의 교리로서 이를 극복하려 했던 것과 마찬가지로, 석정에게도 이러한 도피 속에서 석정이 취할 수 있었던 유일한 자구책은 구세주의였던 것이다.

만해와 석정은 다같이 현실에 부재하는 '님'을 사랑과 그리움의 시로써 표현하려고 한다. 그러나 이러한 종교적 그리움의 표현방식이란 단순한 동경이나 그리움이나 한정되지는 않는다. 종교적 태도로 시를 대하고 있는 것에서도 알 수 있듯이, 이들에게 있어 비현실이란 현실의 모순 극복이라는 전제와 상황을 모순과 부정으로 인식하면서 이를 극복하고 새로운 세계를 규명하려는 의지이지만, 이와 동시에 시간의 영속성 속에 전재하는 초월세계를 제시함으로써 어느 시대, 어느 환경을 막론하고 희망과 의지라는 시적 가치 표명을 드러내게 된다. 이는 바로 서정시의 한 방향을 제시하는 것이며, 근대시의 총체성이라는 거시적인 안목에서 볼 때 시학의 본체론적 탐구를 가능하게 하는 근본적인 토대를 감지하고 있는 것이다.

이들 세 사람의 시인은 현실 속에서의 좌절, 현실 속의 님의 부재를 직설적으로 묘사하지 않고 상대적인 초월자를 시작품 속에 등장시킴으로써 이상향의 세계를 제시하려고 한다. 그리고 시 속에 등장하는 이상향과 초월자인 '님'을 나와 자연스럽게 합일시킴으로써 현실과 이상의 합일을 꾀하고자 한

---

18) 김우창, 「궁핍한 시대의 시인」, (민음사, 1985), 126 - 147쪽

다. 타골의 시에 등장하는 초월자는 '님'과 '당신'으로, 또 석정의 시에서는 '어머니'와 '임'이 이 자리를 차지하고 있다.

> 엇더하게 남이 노래하시든지 저는 모르서이다. 저의
> 주여! 저는 언제든지 고진악한 놀냄속에서 귀를 기
> 우리고 잇서이다.
>
> 님의 노래의 빗남은 세상을 밝게 하서이다. 님의
> 노래의 생명호흡은 푸른하늘에서 프른하날노, 홀느
> 서이다. 님의 노래의 거룩한시내는 모-든 돌의 장
> 애를 쌔트리고 흘너 드러가서이다.
>
> 저의 마음은 님의 노래속에 들고저 바라지마는,
> 오직 한마대 목소리에 쓸대업시 헤매일쁜 이서이다.
> 저는 말하려하나, 그러나 말은 노래가 되지안서이다.
> 저는 속임을 맛고 물고잇서이다. 아아, 님은 저의 마
> 음을, 님의 노래의 끝이없는 그물안에 잡아 넛사이
> 다. 저의 주여!
>
> — 오천석 역 <씨탄자리>중 3에서[19]

> 님이며는 나를 사랑하련마는 밤마다 문밧게와서 발자최 소리만 내이고
> 한 번도 드러오지 아니하고 도로가니 그것이 사랑인가요.
> 그러나 나는 발자최소리나 님의 문밧게 가본적이 업습니다.
> 아마 사람은 민에게만 잇나버요

---

19) 「창조」7호, (1920.7, 동경), 60쪽

아아 발자최소리나 아니더면 쑴이나 아니 쌔엿으련마는
쑴은 님을 차저갈고 구름을 탓섯서요

                                    - <쑴고서>의 전문[20]

어머니
먼 하늘 붉은 놀에 비낀 숲길에는
돌아가는 사람들의

꿈같은 그림지 어지럽고
힌 모래 언덕에 속삭이는 물결도 소몰이 피리에 귀 기울려 고요한데
저녁바람은 그 무슨 이야기를 하는지
언덕의 풀잎이 고개를 끄덕입니다.
내가 어머니 무릎에 잠이 들 때
저 바람이 숲을 찾아가서
작은 산새의 한없는 깊은
그 꿈을 깨우면 어떻게할까요?

                        - <그 꿈을 깨우면 어떻게 할까요?> 2·3연

위의 두 시는 각각 타고르와 만해의 시이고, 마지막으로 인용된 시는 석정
의 제 1시집 <촛불>에 수록되어 있는 시이다. 여기에서도 볼수 있듯이,
세 편의 시는 모두 기리는 '님'을 등장시키고 있다. 타고르의 시 속에서 찬미
와 경배의 대상이 되고있는 '님'과 '주'는 즐거움이며 축복이며 차라리 영원
한 생명 그 자체이다.

만해의 시 속에서 찬송되고 있는 '님'은 자신의 시집에 수록된 <군말>에

───────────────

20) 한용운 ≪님의 침묵≫, (한성도서주식회사, 1916(대정5)), 15쪽

서도 말하고 있듯이, '우리가 위하고 받아들여야할 것'을 의미한다.

> 님만 님이 아니라 기룬 것은 다 님이다. 중생이 석가의 님이라면
> 철학은 칸트의 님이다. 장미화의 님이 봄비라면 마시니의 님은 이
> 태리다. 님은 내가 사랑할 뿐만아니라 나를 사랑하니라.
> 연애가 자유라면 님도 자유일 것이다. 그러나 너희는 이름 좋은
> 자유의 알뜰한 구속을 받지 않느냐, 너에게도 님이 있느냐 있다면
> 님이 아니라 너의 그림자일 것이다.
> 나는 해 너믄 벌파나에서 도라가는 길을 잃고 헤매는 어린양이 기루
> 어서 이 시를 쓴다.

- <군말> 전문21)

시집의 서문 격인 <군말>에서 말하는 '님'이란 구체적으로 중생, 철학,
봄비, 이태리, 자유의 다섯 가지이다. 중생이란 일제치하에서 억압당하는 백
성을 말함이요, 철학은 사상의 궁극적 도달점이며, 봄비는 적대적인 아름다
움의 세계를 이루는 것이다. 이태리는 잃어버린 조국을 대신하는 대상으로
광복에의 염원이며, 자유라 함은 말 그대로 영원한 자유에의 의지를 보여주
는 것이다. 이는 <님의 침묵>을 통해 만해가 표현하려고 했던 현실 극복의
세계관이라고 해석할 수 있다. 결국 만해가 갈 수 있었고, 가고자 희망했던
세계는 우리 민족의 평화요, 자유요, 속박으로부터의 행방이었다. 즉 상실된
조국의 광복과 구속된 자신의 자유를 '님'을 통해 구원받고자 하는 마음의
표현이다.

---

21) 한용운, ≪님의 침묵≫, (한성도서주식회사, 1916), 15쪽

님이어 당신은 나를 당신기신 째처럼 잘 잇는줄로 아심닛가
그러면 당신은 나를 아신다고 할 수가 업습니다.

당신이 나를두고 멀니가신뒤로고는 나는 깃붐이라고는 달도업는
가을하늘에 외기력이의 발자최만치도 업습니다.

- 한용운<쾌락> 1·2연

시집 ≪님의 침묵≫에 수록된 이 시에서는 '님'의 주체가 외형적으로는
연인이며, '나'를 시대상황에 비추어 보면 '조국'으로 확연히 드러난다. '나'
와 '당신'은 지금 일방적인 '님'의 도피로 멀리 떨어져 있다. '나'로서는 '당
신'에게 갈 수도 또 '당신'을 돌아오게 할 수도 없는 상황이다. 그만큼 '당신'
은 절대적인 힘을 갖고 있으며 '나'는 미약한 존재일 뿐이다. 하지만 '당신'의
돌아옴을 간절히 바라는 '나'는 두 가지의 기대를 지닌다. 하나는 '나'의 '깃
붐'이며, 또 하나는 '당신'이 돌아온다는 사실이다.

이러한 의미에서 볼 때, 석정시의 '님'과 '어머니'역시 같은 맥락에서 이해
가 가능하다. 자신이 희구하던 이상이 현실에서 좌절되자 역설적으로 완전한
이상향을 설정하고 '어머니'를 통해 못 이룬 이상의 꿈에 다가가고자 한다.
그러나 석정의 시세계는 단순히 타고르와 만해의 구조적 세계관을 모방하는
것에서 그치지 않는다. 즉 타고르나 만해와는 구별되는 또 다른 의미에서의
석정의 시세계 구축에 진력한다.

우선 석정의 시에서 나타나는 초월세계는 자연이라는 미적 가치의 표상으
로 드러난다. 현실의 부정으로서의 의미보다는 이상향의 아름다움을 제시해
주고 있다는 데에서 타고르와 만해와는 다른 위상의 시적 성취도가 이루어
지고 있다 타고의 정신적 가치에의 경건함과 만해의 상실된 자아의 회복에

대한 갈망이 석정의 시세계에 짙게 깔려 있지만, 석정은 이들 두 시인의 정신적 맥락을 표현하는데 있어 모방 이상의 의미 획득을 요구하고 있다. 그래서 석정은 근원적 이상향의 생명성을 자연으로 구체화시키고, 다시 자연으로 모성애의 역할을 부여한다. 따라서 현실의 존재는 상대적으로 동심의 한계에 머물게 되며 어머니의 품 속에서 마음껏 뛰놀게 된다.

> 햇볕이 유달리 맑은 하늘의 푸른길을 밟고
> 아스라한 산넘어 그 나라에 나를 담숙안고 가시겠습니까
> 어머니가 만일 구름이 된다면 ……
>
> 바람잔 밤하늘의 고요한 은하수를 저어서 저어서
> 별나라를 속속드리 구경시켜 주실수가 있습니까?
> 어머니가 만일 초승달이 된다면 ……
>
> 내가 만일 산새가 되어 보금자리에 잠이 든다면
> 어머니는 별이 되어 달도없는 고요한 밤에
> 그 푸른 눈동자로 나의 꿈을 엿보시겠습니까?
>
>   - <나의 꿈을 엿보시겠습니까?>

이 시에서 '어머니'는 구름, 초승달, 별이라는 자연으로 되어 있어, 우선 '나'에 비해 절대적 가치를 지닌 존재이며 '나'는 어머니에 대해 경건한 자세를 지닌다는 점에서 타고르의 시적 영향을 드러내며, 어머니를 통한 '나'의 화려한 여행이라는 상상력은 만해의 시적 영향인 '상실된 자아의 회복'과 일치한다. 그러면서도 경건함과 자아회복에 머물지 않고 어머니를 통한 '나'의 행복한 모습을 자연 속에 가시화 시킴으로서 이상향의 몽환적인 상태와

기쁨을 충분히 드러낸다. '햇볕이 유달리 맑은 하늘을 넘어 그 나라', '바람잔 밤하늘의 고요한 은하수를 저어 별나라'에 마침내 이르기 위해서는 어머니에 대한 경건하고 간절한 구도자적 자세임에도 불구하고 '어머니'와 '동심의 어린이'라는 특수한 관계를 통해 몽환적이고 실제적이지 못한 한계에도 불구하고 그 가능성을 신빙성있는 것으로 확인하게 한다. 즉 이상향에 대한 구체적인 모습을, 아름답다는 것으로 제시함으로써 그렇지 못한 현실로부터의 일탈을 강조한다.

석정시의 영향관계는 좀 더 구체적으로 살펴 볼 수 있다. 타고르의 시 속에서 보이는 아기의 순수한 희망과 순진무구한 동심의 세계는 석정시로 하여금 아기를 안고 있는 평안한 어머니를 그려 내게 한다. 시의 배경이 되는 공간도 두 시인의 경우 흡사한 모습을 보이고 있다. 어린애가 뛰노는 강가나 바닷가가 무대로 자주 등장하고, 그 곳에는 꽃이 피어 있고 삼림이 우거져 있으며, 비둘기가 나는 평화의 공간으로서 일치를 보인다. 석정의 시에 자주 등장하는 소재로서 새, 꽃, 바다, 강가, 초생달 등은 타고르의 <신월>에서도 자주 발견되는 소재라는 점에서도 그 유사성을 찾을 수 있다.

또한 시집 ≪빙하(1956)≫에는 <소곡육장(小曲六章)>이라는 시가 있는데, 이중 다섯 번째의 시는 <Tagore>라는 소제목과 함께 타고르를 생각하며 쓴 시이다.

당신은 바닷가에서
모래성을 쌓은 아이들을 보다간
끝내 어린애가 되어 버립니다.

참파꽃이 피었다가도
어머니의 가슴에 다시 묻히는

당신은 늙은 어린애입니다.

<신월>을 혼자 외다간
나도 당신처럼 갑자기 어머니가 그리워
끈 눈으로 이 밤을 세웁니다.

　이 시는 소제목이 타고르일 뿐만 아니라 시의 내용도 타고르의 시 <바닷가에서>, <참파꽃>, 등을 읽고 그 시로부터의 느낌을 읊은 것이다. 1연에서의 시 <바닷가에서>를 읊조려 보다가, 2연에서는 시 <참파꽃>을 읊다보니 어느새 타고르가 되고 만다. 타고르처럼 의지할 만한 초월자로서의 어머니가 그리워 밤을 세울 수 밖에 없었던 시인으로서의 고뇌를 보여주고 있다. 이렇게 볼 때 타고르의 영향이 석정시의 형성에 토대가 되고 있음을 확인할 수 있다. 문체와 형식에서도 이들의 영향관계는 발견되지만, 그 구체적인 상호관련성은 석정시의 형식적 특질에 대한 고찰을 바탕으로 하지 않을 수 없으므로, 이 점에 관해서는 다음 장에 언급하기로 하겠다.
　타고르에게서의 영향관계 뿐만 아니라, 만해의 시세계에서도 석정은 또 다른 영향을 받고 있음을 확인할 수 있다.

님이어 나의 마음을 가저가랴거든 마음을 가진나한지 가저가서요
그리하야 나로하여금 님에게서 하나가 되게 하서요

－ <하나가 되야주서요> 일부[22]

그 나라에 가실때에는 부디 잊지마서요

나와 가치 그 나라에 가서 비둘기를 키웁시다

　　　　　　　　　　　- <그 먼 나라를 알으십니까>4연

　앞의 시는 한용운의 시이다. 뒤에 인용된 시는 신석정의 첫시집 《촛불》
에 수록된 시 <그 먼 나라를 알으십니까> 중 일부이다. 인용된 두 시의
일부분만 가지고서도 우리는 두 시인의 시적 진술방법이 매우 흡사하다는
사실을 발견할 수 있다. 이미 우리는 두 시인에게서 나타나고 있는 시적 원망
이 모두 어떤 절대자에 대한 그리움 혹은 이상향에의 추구라는 형태로 나타
나고 있다는 점에 주목하여 고찰해본 바, '님', '당신', '어머니'라는 시어의
빈번한 사용도 이를 뒷받침해주는 증거이다.

　만해의 시 <하나가되야주서요>가 표현하고 있는 시적 의미의 보편성은
일체성에 있다. 그의 시집 《님의 침묵》을 관통하여 흐르고 있는 시적 의미
의 핵심은 바로 일체성인데, 이것은 '하나'라는 시상으로 나타나며, 이별과
만남이 결코 모순되지 않는 사랑의 일체성을 님에게 기원하고 있는 것이다.
나는 님에게 하나가 되어야 하고, 님은 나에게 하나가 되는 것이 모순의 극복
인 것이다. 그러므로 결국 이 시의 님은 나에게 일체의 존재이며, 그 존재의
시상이 하나인 것이며 그 하나의 시상은 모순이 통일된 시적 의미의 형성으
로써 이 시에 보편성의 근거를 마련하여 준다.23)

　신석정의 시에서도 '님'은 '어머니'로 상정되어 '나'와 '어머니'가 같이
'그 먼 나라'에 갈 것을 희망한다. 만해의 시에서 '나'와 '님'이 '하나'가 되는
것은 석정의 시에서 화자인 '나'가 청자인 '어머니'에게 '가치'가자는 맥락과
상통하고 있다. 일체감, 즉 합일감의 욕망을 부드러운 청유와 의지적 내포라

---

23) 윤재근, 「만해시의 주제적 시론」, (문학세계사, 1983), 407 - 414쪽

는 문맥적 장치 속에서 의미의 변증법적 통일을 유도해 내고 있다.

이러한 시적 발화구조의 동질성을 점검한 결과, 우리는 이들 두 시인의 시적 형태가 의미구조와 형식적 특질 면에서 상당히 유사한 상동 구조를 공유하고 있음을 어느 정도 확인할 수 있다. 물론 엄밀한 의미에서 각자의 변별점이 상존함은 물론이다. 본고에서의 관심은 석정이 영향받고 있는 관계에 대한 검토이기 때문에 지엽적인 변별점은 어느 정도 논의로 해도 모방하리라 믿는다.

만해와 석정의 유사관계를 간략하게 정리해 본다면, 우선 화자와 청자의 대립구조로 되어 있다는 점, 둘때로 텍스트 상의 대화가 화자의 일방적 진술로 이루어지고 있다는 점, 셋재로 청유형의 문장어미가 사용되고 있다는 점 등이다. 이러한 문장상의 특징은 다분히 상대방에 대한 존경과 경외심을 바탕으로 하는 것이며, 화자 자신의 연약함을 드러내기 위한 여성적 어조의 의도적 사용 때문에 나타나는 것이다. 그러면서도 만해의 시에서 '나로하여금 님에게서 하나가 되게'하든가, 석정의 시에서 '나와가치'라는 표현은 화자와 청자 간의 일체 혹은 합일이라는 기대와 소망에 기인한다. 따라서, 여성적 어조의 경향은 절대자로부터의 구원을 갈망하는 의지의 표현이라는 것을 두 시인의 시를 통해서 확인해 볼 수 있다.

결국 세 사람의 시인, 즉 타고르와 만해와 석정의 시를 비교해 보면서 그 유사성을 확인해 본 결과, 타고르와 만해는 석정의 시세계가 형성되는 과정에서 많은 영향을 미치고 있음을 확인할 수 있다. 특히 석정의 초기 시집인 ≪촛불≫과 ≪슬픈 목가≫에서 이러한 영향관계가 두드러지지만, 후기시에 와서는 직접적인 조응관계를 발견하기 힘들고 다만 이미 초기시에서 구축되었던 석정시의 구조적 맥락이 초기시의 연장선상에서 드러날 뿐이다.

결과적으로 이들 세 시인의 시에 대한 공통적 특징을 다음의 세 가지로 요약할 수 있다.

첫째, 산문시가 지니는 의미 중심의 구조와 형식

둘째, '님', '당신', '어머니' 등의 절대자를 대상으로 하는 찬양과 소망이라는 내용

셋째, 설정된 공간과 선택된 시점의 유사점

이상의 유사성을 확인하면서 석정의 위치를 상대적으로 조명해 본다면, 석정은 타고르의 종교적 자세와 만해의 부정적 현실의 극복이라는 실천적 자세와의 중간적 위치에서 찾을 수 있다. 이는 석정의 시가 갖는 한계이면서도 동시에 석정의 시만이 갖을 수 있는 미덕이며 가치 극대화의 독자적인 시세계라고 하겠다.

IV 석정시의 운율 ────────

1. 운율의 개념

완전한 의미에서 '고요'란 거의 상상할 수 없이, 세상은 온통 소리로 가득
차 있다. 바람 소리, 물 흐르는 소리, 새들의 노래 소리, 바다의 파도 소리
등 무수히 많다. 이 가운데 사람이 태어나면서 첫 발성도 울음 소리이다.
그래서 사람 자신이 소리를 만들어 내고 있을 뿐 아니라, 사람을 둘러싼 모든
자연의 사물들이 소리를 만들어 내고 있으면, 이 소리는 의미와 배합하여
여러 형태의 소리를 만들어 낸다. 이런 과정은 어느 사람이든지 적용되기
마련이다. 그러므로 사람은 소리를 떠나서는 살 수 없다.

그런데 이 소리들은 그대로 소리로만 있는 것이 아니라 의미를 발생시키는
연속체의 단위로 몇 가지 형태가 있다. 즉 짧은 소리와 긴 소리, 가는 소리와
굵은 소리, 낮은 소리와 높은 소리 등이 서로 어울려 아름답게 배열된 것을
운율(rhythm)이라 한다. 이 말은 동일한 성분들의 정확한 반복 ·교체[1]라고
도 하고, 악센트나 강약의 규칙적인 순환[2]이라고도 하며, 상이한 요소들을

────────────

1) 유리 로트만, (유재천 역), 「시 텍스트 분석 : 시의 구조」(가나, 1987), 90쪽
2) L.Altenbernd & L.L.Lewis. A Handbook for the Study of Poetry (New york : Macmillan

재현하는 흐름이나 운동[3]이라고도 말한다. 그러므로 운율은 원래 규칙적 반복을 본질로 하나, 산문의 경우는 말할 것도 없고 특히 시의 경우에도 '운율'의 개념은 매우 융통성[4]있게 사용되고 있다.

　모든 문학 작품은 의미를 발생시키는 소리와 소리마디가 어울려 의미를 형성한다. 즉 소리의 연속체가 언어예술의 바탕이 된다. 그러므로 운율에 대한 가치는 말소리와 말뜻의 유기적 상관관계에서만 이루어진다.

　　　살어리 살어리 랏다
　　　청산애 살어리 랏다

　　1966) 35쪽
3) 김대형, 「운율론의 문제와 시각」, (문학과 지성사, 1984), 12쪽
4) 김석연은 '한국 시가의 압운' (「서울대 논문집」10집, 1964)에서 운(rhyme)과 율(rhythm)으로 구분하면서, "시간적인 작용에 의하여 규정함으로써 시간성을 나타내는 율(律)과 선율적인 작용에 의하여 규정함으로써 정서적 음조를 나타내는 운(韻)이 있다."고 한다. 허미자도 '현대시의 압운에 대하여'(「이화여대 한국문화 연구원 논총」15집, 1970)에서 음의 질적 관계로 형성된 韻(rhyme)과 양적 관계로 형성된 律(rhythm)의 총칭을 운율이라고 한다. 정광의 「한국 시가 구조 연구」(삼영사, 1976)에서 운율은 압운과 율격의 총칭으로 사용하고 있으며 그 의미는 김석연, 허미자의 경우와 비슷하다. 성기옥은 김흥규의 용어에 힘입은 바 크다고 말하면서, 율격의 관여에 의해 실현된 특정한 율격 자질들의 구조적 현상을 지칭하는 것을 율격이라고 하고, 드러난 모든 음성자질들의 구조적 현상을 지칭하는 율동과 율격과의 포괄적인 개념을 운율론(학)(prosody 또는 광의의 metrics)의 대상이라고 한다. 김흥규도 '한국 시가의 율격의 이론' (「민족문화연구」13집, 1978)에서 "운율론은 틀린 용어는 아니지만 연구의 진전을 위해서는 부적절하고 모호한 용어"(138쪽)라고 한다. 이를 도표화시킨 것을 정리하면 아래와 같다.

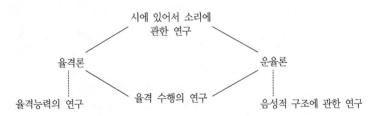

멀위랑 다래랑 먹고
청산애 살어리 랏다
얄리얄리 얄랑셩 얄라리 얄라

- <청산별곡> 제 1연

이 시가속에는 유음 'ㄹ'이 처음부터 끝까지 반복적으로 사용되고 있다. 그리고 그 소리는 적절한 시어를 두고 질서있게 배열되고 있으므로, 독자들은 이 작품을 통하여 미묘한 감각적 쾌감을 느낀다. 'ㄹ'의 말소리가 말뜻에 가담함으로써 더욱 기능적인 운율의 효과가 보인다. 박목월의 <산도화>는 'ㅅ'음의 고유의 특질을 나타낸다. 그래서 'ㄹ'이나 'ㅅ'소리는 시에서 음악성과 호음조 등의 효과를 나타내는 바탕이 되므로, 시의 운율은 말소리의 상관적 특질[5]에 의거하여 발생한다.

그런데 운율은 운문에만 있는 것이 아니라 산문에도 있다는 것을 지적하고 싶다. 흔히 산문율(prose rhythm)이라는 것이다. 산문의 운율은 음수, 고저, 장단 등의 반복이 주기적으로 일어나는 것도 아니고, 또한 반복이 규칙적인 것도 아니다. 그래서 산문의 운율은 숨어 있다고 하는데, 이것은 비규칙적·비구조적인[6] 성격이 보인다. 그러나 율문(vrtse)에서의 운율은 등가적인 성분들(의미의 동일성을 말하는 것이 아니라 음량이나 문법적 성분이나 시간적 단위의 등가성을 말한다.)이 규칙적 반복으로 일어나다. 그래서 율문의 이러한 운율이 이상화된 규칙으로 패턴화된 것을 율격(metre)이라고[7] 한다. 율격

---

5) 심시태, '시의 요소', 「문학의 이해」, (이우출판사, 1985), 66쪽

6) 문덕수·신상철, 「문학 일반의 이해」, (서울 : 시문학사,1985), 66쪽

7) 김대행, 앞의 책 12쪽에서 성기옥 「율격」(「시론」 현대문학사, 1989, 212‑213쪽)은 「율격」 과 리듬(율동)을 다음과 같이 구별하고 있다. (1)율격은 산문과 율문을 구별하는 변별적 자질이므로 향상성을, 리듬은 발어재의 한 속성이므로 발화의 다름에 따라 변하는 부동성

의 기본 단위를 어떤 기준으로 설정하느냐 하는 것은 나라에 따라 다르다. 음량(음수나 음보)의 단위를 율격의 기본 단위로 정하는 나라(한국시, 일본시, 프랑스시)도 있고, 음운의 강약(stress), 고저(pitch), 장단(duration)을 기준으로 정하는 나라(중국시, 고대 그리스시, 영국시)도 있다. 전자를 음량 율격이라 하고, 후자를 운소 율격이라고[8] 한다. 이 운소 율격에서는 이미 열거한 바와 같이 강약을 기준으로 형성되는 율격을 강약율(dynamic metre:stress meter), 고저 즉 성조에 의해서 형성되는 율격율 성조율(tanal meter), 장단에 의해서 형성되는 율격을 장단율(duration meter)이라고 한다.

이 운율은 음성율, 음위율, 음수율 등으로 나눈다. 음성율이란 소리의 강약·장단·고저·음질 등의 말소리가 규칙적으로 반복하는 경우이다. 대개 영미시의 율격은 강약율, 또는 강세율이라고 말한다. 그 보기를 들면,

/ To be / or not / to be / that is / the question / (/ - / - / - / - / -)

이시는 세익스피어의 유명한 무운시(無韻詩)로 강약5보격(/ - / - / - / - / -) 이다. 이것의 반대로 강약의 두 단위의 음절이 어울린 것이 약강 2보격 (iambic dimeter)이다. 강세음을 중심으로 비강세음과 어울려 한 단위를 이루

을 갖는다. (2)율격은 고정적 규칙성을 가지나, 리듬은 발화에 따라 규칙성의 여부 및 정도 가 결정 된다. (3)율격은 발화를 율문으로 만드는 작용 주체로 관여하나, 리듬은 율격의 작용을 받아 발화 표면에 나타나는 피작용 현상이다. (4)율격은 특정 음운 자질과 관련된 추상적인 관념 존재이나, 리듬은 모든 음운 자질이 관련된 무정형의 형태로 작품 표면에 구체적으로 존재한다. (5)따라서, 율격은 작품의 생성하는 주체일 뿐, 그 자체가 미적 내용 일 수 없으나, 리듬은 그 자체가 미적 현상이다.

8) J.Lotz, 'Metric Typology', T.A.Sebeok, ed, Style in Language (New York, London : M.I.T. Press and John Wiley, 1960)에서 음량 율격과 운소 율격으로 나누고 각각 단수 율격과 복합 율격이라 말하고 있다.

었을 때, 이것을 시각(詩脚·foot)이라고 한다. 그런데 영미시에서 강세음을 중심으로 비강세음이 어울려 음보(시각)를 이루는 종류에는 약강격(iambic: ‐/), 강약격(trochaic:/‐), 약약강격(anapestic: ‐‐/), 강약약격(dactylic:/‐‐)의 네 가지 형식이 있다. 이 네 가지 형식은 각각 한시행에서 1개부터 8개 내지 9개로 구성된다. 그래서 이를테면 약강격의 경우 약강 1보격에서 약강 9보격까지 있는 셈이 되고, 강약격, 약약강격, 강약약격도 마찬가지다. 아래에 약강격 5음보격의 보기를 들어보기로 하자.

$$- \; / \quad - \; / \quad - \; / \quad - \; / \quad -$$

When I/do count/the clock/that tells /the time

Shakespeare, <sonnet XII>

위와 같이 stress가 있는 음절과 없는 음절이 확연히 구분되기 때문에 음성 율의 변별이 분명하다.

음위율(압운)에는 두운(alliteration)과 각운(rhythm)이 있는데, 전자는 시행의 머리 부분에 나타나는 경우이고, 후자는 시행의 끝부분에 나타나는 경우를 가리킨다. 영미시나 중국의 한시에는 이러한 운율의 양식이 발달되었다. 중국의 근체시는 고저 즉 성조(평·상·거·입성)가 율격 형성의 기초 자질이 된다. 이것을 평측법이라 한다. 그래서 평성으로 시작되는 시를 평기식, 측성으로 시작되는 시를 측기식이라고 한다. 아래에 측기식의 보기를 들어보자.

國 破 山 河 在	●●△△●
城 春 草 木 深	△△●●△
感 時 花 濺 淚	●△△●●

恨 別 鳥 驚 心　　●●●△△　　(●표는 측성, △표는 평성)

위와 같이 평성과 측성의 배열로 구성되었다. 이 <춘망>은 오언절구로 각운은 심(深)과 심(心)이다. 이 각운은 낱말이 다르고, 음절도 다르고, 의미도 다르다. 그런데 중성(ㅣ)와 종성 (ㅁ)만이 서로 같은 음성임을 알 수 있다. 아울러 의미나 문법적 기능도 다르고 음소 단위로 형성되는 효과임을 알 수 있다.

음수율이란 음절의 수를 단위로 하여 규칙적으로 반복되는 것을 말한다. 한국시의 율격 형성 단위는 모음과 자음의 조직에 기초를 둔 음절(syllable), 음보(foot), 행(line), 연(stanza)등이다. 물론 영미시에서도 이 점은 우리와 비슷하다. 그러나 영미시는 강약이나 약강을 바탕으로 하는 음성율이기 때문에 음절수에 의존하는 음수율보다 운율 형성의 다양성을 확보하고 있는 점에 유의해야 한다. 이 밖에 한국 시가의 율격이 음수율이냐 음보율이냐 하는 문제도 계속 논란이 되고 있다. 한국시가에서 율격 분석의 시도는 음절수를 율격의 자질로 삼아 1920년 무렵부터 음수율에 대한 강력한 의문을 제기하고 있다. 반면에 음보율의 정당성을 주장한 이들은 한 시행을 이루는 음보의 수가 몇 개냐에 따라 결정되는 율격을 말한다. 그래서 음보가 한 시행에서 2개면 2음보격, 3개면 3음보격, 4개면 4음보격이라고 말하다.

또 운율과 정서와 말뜻과의 일치 내지 긴밀한 관련으로 자유시나 산문시에서 마침표와 쉼표의 사용을 주목하지 않을 수 없다. 아래에 그 시를 보기로 들어보자.

　　잔치는 끝났드라. 마지막에 앉아서 국밥들을 마시고
　　빠알간 볼 사루고,
　　재를 남기고,

포장을 걷으면 저무는 하늘
일어서서 주인에게 인사를 하자.

결국은 조곰ㅅ식 취해가지고
우리 모두다 돌아가는 사람들.

모가지여
모가지여
모가지여
모가지여

멀리 서있는 바다ㅅ물에선
난타하여 떨어지는 나의 종ㅅ소리.

- 서정주 <행진곡>

이 시는 정음사에서 간행된 ≪서정주시선≫에 게재되었다. 이 작품에서
사용된 문장부호는 마침표로 온점(.)이 4개, 쉼표로 반점(,)이 2개가 사용되었
다. 하버트 리이드는 문장에서 마침표와 쉼표는 논리와 호흡과 리듬에 의하
여 결정지을 수 있다고 하였다. 이런 점에서 <행진곡>의 1연 1행의 '잔치는
끝났드라.'의 시행 중간에 온점을 사용한 것은 이 작품의 구성을 위한 배려에
서 취해진 운율의 기교로 보인다. 그것은 1행 끝의 온점이 없기 때문이다.
그래서 1행의 운율은 2행의 '빠알간 불 사루고'까지 끌고 가게 함으로써 전
체 마지막 장면을 국밥을 마시는 동작을 암시하며 2행의 불이 꺼져감을 나타
내기 위하여 반점이 사용되었다. 그렇게 때문에 3행에서 '재를 남기고'를
강조함으로 잔치의 끝장면을 은연중에 암시하는 여운이 돋보인다.
이와 반대로 4행의 '인사를 하자'뒤에 사용된 온점은 시적 정서나 의미면

Ⅳ. 석정시의 운율 95

그리고 운율의 입장에서 볼 때 끝에 사용되면 좋을 듯 하다. 그리고 6·7행을 새로운 연으로 독립시켜다만 '돌아가는 사람들.' 뒤의 맥락과 긴밀성을 갖게 해준다. 이어서 독립된 연으로 8·9·10·11행에서 '목아지여'라고 부르짖는 상황은 얼그레 취해가지고 시골길을 걷는 행렬의 효과를 나타내기 위해 문장부호가 사용되지 않았음이 돋보인다. 아마도 이 분위기는 얼마나 흥겹고 운치 있는 행진의 장면일까. 그러나 그것은 마지막 연 끝행에서 '나의 종ㅅ소리.'에서 마침표 온점을 명사 뒤에 사용함으로 인간 생명의 장엄함을 단호하게 마무리함이 뚜렷하다. 그것은 단순한 '종소리'가 아닌 '종쏘리'로 표현하는 음성적 효과와 더불어 온점은 인생의 여정을 의미있게 함축하고 있다. 이처럼 문장부호가 적절하게 사요함으로 의미와 정서를 긴장시키는 운율적 효과를 밀착시킨다.

이밖에 운율에는 어조(tone)가 밀접하게 연관되어 있다. 그것은 시인이 감정의 조정 및 의식 내용과 대상과의 의미 관련을 조직하는 기법이며 미학적 거리를 형성하는 수단이다. 여기서 말하는 '미학적 거리'를 리차즈는 어조를 화자와 청자에 대한 태도의 반영으로 정의하고 있는데9) 텍스트 안에서 화자의 태도를 살펴보도록 하겠다.

그러나 이러한 원리가 주어졌다고 해서 시학의 원리가 곧 장치인 것은 아니다. 이러한 규범적인 원리는 한국시에서 발견되는 공통적 현상임에 반하여 운율 장치는 시적 효과를 위해 각각의 시인이 지니는 개별적 의도이기 때문이다. 따라서 그 구체적인 장치를 파악하기 위해서는 작품의 특질을 파악하지 않을 수 없다.

---

9) I.A.Richards, 「Practical Criticism」 (Routledge, 1970), 179 - 188쪽

2. 신석정 시의 운율

운율에 대한 해명은 시의 음악성과 밀접한 관련 하에 이루어진다. 그러나 시의 음악성이란 음악의 음악성과는 달리 의미를 떠나서는 존재할 수 없는 것이다.[10] 운율의 양식이나 장치가 생성되기 이전의 상태 즉 운율 형성의 동인으로서 기저자질, 그리고 운율 형성의 기본 원리 등에 대한 이해가 선결되지 않으면 안된다. 이는 시인의 의식이나 화자의 어조를 통해 확인된다. 그러나 시의식에 관하여는 다른 장에서 살피기로 하고 이 장에서는 리듬의 양식적 장치를 중심으로 확인하고, 시의 의미에 미치는 영향과 효과를 살피기로 한다.

운율이란 시간 단위의 일정한 조합이 주기적으로 반복되는 것이며, 이 때의 시간 단위는 운율 단위라는 새로운 단위를 형성한다. 운율 단위의 형성은 단위 시간의 동일한 무한 반복이라는 박자와 이들 박자의 군집을 어떻게 형성시키는가에 의해 개인적 운율로서 형상화되는 것이다.[11]

한국시의 경우 한글로 쓰여진 시는 한글의 제반 특성의 영향하에서 운율을 형성한다. 그러므로 한국시의 운율을 논의하기 위해서는 한글의 구조적 관심이 선행되어야 한다. 물론 구조란 미적으로 무관심한 요소 즉 자료가 미적인 효력을 획득하는 방식이라 이해할 수 있다.[12]

한글의 구조는 음절의 군집에 의한다. 이렇게 볼 때 한국시의 운율은 한글의 음절 단위에 기준을 두어야 한다. 또한 시의 운율을 이야기 하는데 있어서

---

10) T.S.Eliot, The Music of Poetry, Selected Prose, (Penguin Book, 1965), 53쪽

11) 관곡규희, 「시적 리듬」, (동경 : 대화서관, 1978), 12쪽

12) R.Wellek & A.Warren, Theory of Literature (New York : Harcourt, Brace & Company, 1968), 114쪽

덧붙여야 할 것이라면, 시의 계층문제이다. 시는 문자 의미 이상의 계층에서 전달되는 예술 양식이다. 즉 언어문자 자체를 뛰어 넘을 수 있는 것이다. 따라서 운율의 원리는 시의 관습적, 심리적 형태의식과 음절 군집이라는 두 가지 사실에 근거하여 살펴져야 하는데, 이렇게 볼 때 가장 적합한 한국시의 운율 원리는 한 행 안의 음보(foot)의 수를 확인하는 음보율이다. 이는 운율의 제 원리를 하나 하나 검토한 결과[13]와도 일치하는 것이다.

신석정 시의 운율도 이러한 기초에서 검토될 때 올바른 내적 원리와 의미 전달의 효과를 살필 수 있을 것이다. 특히 신석정의 시는 전·후기의 성격이 변모되어 감에 따라 이에 관한 비교와 관찰이 중요하다. 전기시는 4음보의 규칙성을 주조로 하고, 후기시는 이와 달리 4음보를 주조로 하되 변형의 경우가 많거나 아니면 3음보와 4음보가 상호 교차된다든가 또는 사설조의 내재율의 성격이 두드러지기도 한다. 전기시의 규칙적 4음보란 질서의식의 소산이며 안정의 추구이다. 반면에 후기시의 운율 장치는 3음보와 4음보의 끊임없는 변형은 상대적으로 불균형한 전달 의미 내재를 말해주는 것이다. 그러나 이처럼 운율 양식이 변했다고 해서 신석정의 시가 총체성을 상실하고 붕괴되었다는 것은 아니며 전달하고자 하는 의미가 변모됨에 따라 양식적인 변모가 이루어졌을 뿐이다.

1) 정서의 절제와 음보의 질서의식

신석정의 전기시에 해당하는 두 시집 ≪촛불≫과 ≪슬픈 목가≫는 대체적인 질서의식을 희망적 세계관으로 연결하고 있다. 이는 특히 ≪촛불≫에 수록되어 있는 33편의 작품에서 두드러지게 나타나는데, 현실과 이상향의 대립

---

13) 김대행, 앞의 책, 27 - 30쪽

을 전제하면서도 절망적, 부정적 현실 묘사보다는 희망적 이상향의 모습을
제시하는 데에 더욱 많은 부분을 할애하기 때문이다.

> 새새끼 / 포르르 포르르 / 날어가 / 버리듯 (4음보)
> 오늘밤 / 하늘에는 / 별도 / 숨었네 (4음보)
>
> 풀려서 / 틈가는 / 요지음 / 땅에는 (4음보)
> 오늘밤 / 비도 / 스며 / 들겠다. (4음보)
>
> 어두운 / 하늘을 / 제처보고 / 싶듯 (4음보)
> 나는 / 오늘밤 / 먼 세계가 / 그리워…… (4음보)
>
> 비나리는 / 출출한 / 이 / 밤에는 (4음보)
> 밀감 / 껍질이라도 / 지근거리고 / 싶고나 (4음보)
>
> 나는 / 이런 밤에 / 새끼꿩소리가 / 그립고(4음보)
> 힌물새 / 떠 다니는 / 먼 호수를 / 꿈꾸고 싶다(4음보)
>
> － <출출한 밤>(전문)

이 시에서도 '먼 세계'와 '출출한 밤'의 대립적 양상을 쉽게 찾아볼 수
있다. '먼 세계'는 이상향을, '출출한 밤'은 어둡고 절망적인 현실을 암시한
다. 그러나 이들 대립은 '먼 세계로의 일방적인 지향의 관계를 지니고 있으며,
시 전체의 분위기 역시 이상향인 먼 세계의 묘사와 그 곳으로 갈 수만 있으면
좋겠다는 갈망 등에 잠재로서 생성된다. 따라서 이러한 시적 분위기는 이상
세계의 안식과 평화 그리고 질서의 모습을 구현하기 위하여 적절한 양식을
요구하고 있으며, 이를 위해 4음보의 규칙적 반복이 이루어지고 있다.

음보란 음절이 단위가 되어 띄어읽기가 기초인 만큼[14] 띄어쓰기의 단위인 어절과 일치하지 않을 수도 있는 것이다. 그래서 이 <촐촐한 밤>은 시 전체가 4음보를 유지하고 있다. 한 행 안에서 음보의 수가 네 개가 있을 경우 안정과 질서가 이루어지는 이유는 무엇인가? 이에 대해 4음보격이 3음보격보다 단조로운 것은 변형을 위한 분단이나 중첩이 묘미를 지니지 못하고 사회적 도덕적 바탕 때문이라고 한다.[15] 그러나 이러한 설명은 논리적이라기보다 현상적 검토의 성격이 짙다. 한편 4음보가 안정과 질서를 유지하는 이유에 대해서는 한국어의 고저 곡선과 말미 곡선이 이루는 어조(intonation)때문이라고 말하기도 한다. 이러한 견해에 따른다면 음보는 상승의 음보와 하강의 음보가 있으며, 이들은 서로 짝을 이루어 두 개의 음보가 상승과 하강의 마디를 갖추게 된다. 이렇게 갖추어진 마디는 다시 상승과 하강이라는 새로운 성격을 형성하여 또 다른 큰 단위의 짝을 형성한다. 즉 상승과 하강이라는 성격에 의한 이중구조로서 4음보가 이루어진다는 것이다. 앞서 음보의 수에 따라 나뉘어진 시 <촐촐한 밤>을 재구성해 보면 다음과 같다.

새새끼	포르르 포르르	날어가	버리듯
상 승	하 강	상 승	하 강
상 승		하 강	

제 1연 1행의 경우를 보기로 하자. 이렇게 볼 때 4음보의 안정성과 질서의 식은 비교적 그 타당성을 인정받게 된다. 2개의 음보가 하나의 짝을 이루고

---

14) 성기옥 앞의 책 132 - 135쪽

15) 외산묘삼랑, 최정석 · 김두한(역),『시형학서설』(학문사,1986) 116 - 120쪽.
김민수,『신국어학』, (일조각, 1975) 83쪽에 고저 곡선이란 절의 중간에 걸쳐 있는 것으로 주로 /¹ //² //³ / 등의 아라비아 숫자로 표기한다. 관곡규희웅, 앞의 책, 13 - 18쪽

이 짝은 다시 상승과 하강의 성격을 형성하면서 이중구조의 단위로써 짝을 이룬다.

그러면 석정의 전기시가 이와 같은 상승과 하강의 질서의식을 노출시키면서 안정된 구조를 보이는 이유는 무엇인가? 이는 이상향이라고 규정되는 초월세계의 구체적 대상인 자연을 이상적인 모습으로 드러나게 하기 위한 운율장치의 효과 때문이다. 독자로 하여금 안정된 분위기와 느낌을 줄 수 있다. 따라서 운율의 두 가지 인지대상인 시각과 청각의 공명을 기대할 수 있는 것이다. 즉 독자가 하나의 시 작품을 운유로서 인식하는 것은 문자 체계와 낭송의 율독을 예상하는 것이며, 이들 두 조건의 변화는 작품의 전달 의미와 부합될 때 그 효과를 기대할 수 있기 때문이다.

따라서 신석정의 전기시에서 4음보의 규칙적인 장치를 적용한 것은 이상향의 질서와 평화의식을 승화되며, 현실의 입장에서 풍경화를 바라보는 듯한 절제된 정서를 객관적으로 드러내기에 알맞은 율율양식이라고 하겠다. 바꾸어 말하면, 석정의 상상력에 내재한 이상향은 안정된 분위기이며, 질서가 있고 정적인 상태임을 말한다. 동시에 질서와 안정을 바탕으로 절망적 현실 속에 처해 있는 시적 화자를 이상향으로 끌어들일 수 있는 정도의 힘을 갖는 것이다. 이런 시들은 <아 그 꿈에서 살고 싶어라>, <대화> 그리고 <추과 삼제> 등이다.

2) 3·4음보의 교차와 사설적 운율의 의미

한국시의 운율 장치는 3음보와 4음보가 주된 것임은 다음과 같다. 한 음보를 이루는 음절수는 일정하지 않고, 2·3·4·5·6음절로 된 음보가 흔히 발견된다. 그런데 이 중에서 4음절이 중위수이고 최빈수이며, 그 다음이 3음절수이다. 한 행을 이루는 음보는 1·2·3·4·5·6음보 등인데, 이 중에서 흔히 발견되는 것은 3음보와 4음보이다.16) 그러니까 3음보의 되풀이로 된 것은 3음보격, 4음보격의 되풀이로 된 것을 4음보격이라고 할 수 잇고, 3음보격과 4음보격은 한국시의 전통적 율격의 기본 형태이다. 그러나 두 장치는 단순한 적용으로서가 아니라 시인 개개인의 변형을 통해서 새로운 의미와 가치를 지니게 된다. 석정의 후기시는 전기시의 질서의식에서 벗어나 새로운 개인적 운율장치를 가꾸어 나간다. 특히 3음보의 출현은 새로운 의미망을 형성하는 데에 커다란 토대가 된다.

3음보의 이해에 앞서 음보에 관한 개념을 다시 한 번 확인하기로 한다. 우선 음보는 심리적, 관습적 단위이며, 언어와 음악적 영향 아래에서 형성되는 것임은 앞서 살핀 바와 같다. 그런데 문제는 음보의 크기이다. 음보의 크기는 자주 논란의 대상이 되곤 하는데, 이의 해결을 위해 성기옥은 동량 보격과 함께 충량 보격이라는 용어를 사용하여 이질적인 크기의 음보를 허용하려고 한다 이 때의 이질적이라는 것은 각 음보 내의 음절수가 일정하지 않다는 말이다.17) 그러나 이대로의 기준을 인정할 때 논자에 따라서는 실제로는 불규칙한 단위를 관념적으로만 규칙적이라고 인식할 우려가 있다고 지적한다.18) 특히 7·5조의 경우를 예로 들어볼 수 있다. 우리 시사에서 7·5조를 음보율로 나누어 볼 대 7은 3과 4로 나뉘어 지는데, 5도 역시 2와 3으로 나뉘어질 수 있는가를 문제로 제기하고 있다. 만일 5개의 음절이 분할된다면 7·5조는 4음보의 운율 장치이며, 분할될 수 없다면 3음보의 운율 장치로 인정된다. 그러나 음보율의 인정은 이미 음절에서 시작한다. 그런데 5음절의 분할 여부가 문제시된다는 견해는 다시 음보내의 음절수를 관심의 대상으로

---

16) 조동일, 앞의 책, 김대행 편, 120쪽
17) 성기옥, 앞의 책, 34쪽
18) 조창환, 「한국현대시의 운율론적 연구」(일지사, 1986), 31쪽

보는 것이다. 따라서 음절수는 커다란 의미를 지니지 못한다. 관습적인 것보다는 개인적인, 그리고 시작품내의 질서가 3음보인가 아니면 4음보의 질서를 유지하고 형성하는가에 의해 판단되어져야 할 것이다.

먼저 전기시로 ≪촛불≫에 게재된 작품에서 그 특징을 살펴보기로 한다.

가을날 / 노랗게 물 드린 / 은행 잎이 (3음보)
바람에 / 흔들려 / 휘 날리듯이 (3음보)
그렇게 / 가오리다 (2음보)
임께서 / 부르시면 …… (2음보)

호수에 / 안개 끼어 / 지욱한 밤에 (3음보)
말 없이 / 재 넘는 / 초승달처럼 (3음보)
그렇게 / 가오리다 (2음보)
임께서 / 부르시면 …… (2음보)

포곤히 풀린 / 봄 하늘 아래 (2음보)
구비구비 / 하늘가에 / 흐르는 / 물처럼 (4음보)
그렇게 / 가오리다 (2음보)
임께서 / 부르시면 …… (2음보)

파 - 란 / 하늘에 / 백로가 / 노래하고 (4음보)
이른 봄 / 잔디밭에 / 스며드는 / 햇볕처럼 (4음보)
그렇게 / 가오리다 (2음보)
임께서 / 부르시면 ……(2음보)

- <임께서 부르시면>

이 시는 1939년 인문사에서 간행된 제 1시집 ≪촛불≫에 수록되어 있다. '임께서 부르시면'이란 어휘가 제목과 각 연 끝행에 보이듯이 핵심어는 '임'이다. 그리고 표현의 시상으로 보면 미래 가정이다. 미래 어느 시점에서 임이 나를 부른다는 확실성은 없지만 임이 무엇이며, 어떤 존재인가는 알 필요가 있다. 제 1연에서 자연 현상으로 죽음의 순리가 은행잎으로, 그리고 제 2연에서는 자욱한 밤에 초승달처럼 소멸의 태도를 취하고, 제 3연에서는 죽음과 영원한 재생의 의기가 물로 묘사되었고, 제 4연에서 부활로 연결하므로 죽음과 재생이 이 시의 중심 사상이다. 그래서 임과의 만남은 임의 뜻에 달려 있지만 임과의 만남은 죽음인 동시에 재생이다. 여기서 임은 초월자이며, 임이 존재하는 세계는 초월세계이다. 따라서 임을 만난다는 것은 죽음의 극복이요, 영원한 삶의 획득이다.

이 작품은 자유시임이 분명하나, 4연의 16행으로 구성의 정형성이 두드러지게 보인다. 그것은 각 연이 4행으로 균일하며, 각 연의 끄트머리 두 줄의 반복구로 되어 있다. 그런 의미에서 형식적으로 통제하에 반복의 규칙성도 있다. 그리고 각 연의 음보율이 어느 정도의 규칙성을 가지고 있다. 후렴구 음보율을 제외하고 모두 3음보격 내지 4음보격으로 통일이 되어 있다. 제 1, 제 2연의 제 1행과 제 2행은 모두 3음보격으로 되어 있다. 이것은 현실 세계의 불안과 변화의 운율인데, 제 1, 제 2연이 암시하는 죽음과 소멸의 자세를 반영하고 있다. 이와 반대로 제 3, 제 4연의 제 1행과 제 2행은 대체로 4음보격으로 되어 있는데, 이 운율은 안정과 질서를 유지하는 평화의식으로 부활의 이미지에 상응하는 것으로 보인다. 제 3행과 제 4행은 균일하게 2음보격으로 통일되어있기에 4음보격과 같은 안정과 질서의 맥락으로 보아도 무리가 없다.

다음은 후기시에서 그 특질을 고찰하기로 한다.

＜산 에는 / 누가 / 사냐?? (3음보)
　　＜골에는 / 자고 이는 / 구름이 / 산다네요＞(4음보)

　　＜구름 속엔 / 누가 / 사냐?＞(3음보)
　　＜멧새 우는 / 속에 / 꽃이랑 / 산다네요 ＞ (4음보)

　　＜꽃 속엔 / 누가 / 사냐?＞ (3음보)
　　＜벌나비 / 향기에 젖어 / 말 없이 / 산다네요＞ (4음보)

- ＜산중문답＞ 제 2장

이 시는 1967년 가림출판사에서 간행된 제 4시집 ≪산의 서곡≫ 에 수록
되어 있다. ＜산중문답＞은 4장으로 구성되어 있다. 그 중 한 부분을 인용하
고자 한다. 이 작품에서 더 이상 행의 변화를 찾을 수 없다. 각 행은 한 행의
분할이나 집합이 아니다. 각 행은 자기의 크기를 가지고 운율의 성격을 규정
하고 있는데, 이들 행을 기준으로 보면 3음보와 4음보가 대립하고 있는 현상
이다. 즉 3음보로의 질문과 4음보로의 대답이 이루어지고 있다. 4음보의 대
답은 그 내용으로 보아 전기시의 유형과 커다란 구별이 되지 않는다. 그러나
'산'과 '그름 속'으로 표현된 이상향에 대한 질문을 하고 있는 화자는 현실
속에 내재하고 있는 상황의 제시이며 불안의식의 표상이다. 결국 이러한 3음
보와 4음보의 병치를 통해 얻어지는 시적 분위기는 갈등과 대립의 구조적
반영이라고 하겠다.

3. 어조(tone)와 화법

어조와 화법은 시의 주제 및 시적 화자가 진술하는 시의 내용과 밀접하게 연관되어 있다. 그것은 시인이 감정의 조정 및 의식 내용과 대상과의 의미 관련을 조직하는 기법이며 미학적 거리를 형성하는 수단이다. 리차즈는 어조를 화자의 청자에 대한 태도의 반영으로 정의하고 있는데, 텍스트 안의 화자의 태도와 밀접하게 연관되어 있는 것이 어조이다. 부룩스와 웨렌에 의하면 시에 있어서의 어조는 시작품 속의 화자의 주제에 대한 태도(attitude), 청자에 대한 태도, 또는 화자 자신에 대한 태도를 가리킨다.[19] 여기에서 태도란 시의 화자가 시의 주제에 대해서 가지는 견해이기 때문에 시를 분석함에 있어서 어조와 화법을 분석하는 일은 시의 주제를 알아보는데 필수적인 요소라고 할 수 있다.

신석정 시의 화자는 대체로 질문과 요구의 태도를 지니고 있다. 이를 위해 초기시에서는 주로 의문형 어미와 경어체의 문장을 사용하고 있는 반면, 후기시에서는 명령형 어미와 평어체 문장을 사용한다. 이를 각각의 문장 형태가 지니는 효과와 의미를 살펴보기로 한다.

먼저 질문의 형식이란 알지 못하는 사실이나 사물 혹은 상황에 대해 의문을 제기할 때 또는 알고 있는 사실에 대해 강조하기 위한 방편으로 사용된다. 신석정의 시에서 나타나는 화자는 이들 두 가지의 성격을 적절히 종합하여 사용하고 있다.

모르는 사실에 대한 질문으로 사용하는 경우로는, 알지 못하는 세계, 비가시적인 세계, 초월적 세계에 대한 의문으로 나타내고 있다. 바꾸어 말하면

---

19) C.Brooks & R.P.Warren. Understanding Poetry (U.S.A 1960), 181 - 185쪽

초월적 세계는 누구도 모르는 세계이며 그렇기 때문에 대단한 세계임을 암시한다. 이렇게 낯설고 모호한 세계를 찾아야 한다는 당위성이며, 존재에 대한 끝없는 추구이다. 그러므로 초월적 세계는 그 모습이나 위치가 모호할수록 의문의 대상이 되며 동시에 모호할수록 존재의 확신을 보이게 된다는 반어적 논리가 성립된다.

어머니,
당신은 그 먼나라를 알으십니까?

깊은 산림대를 끼고 돌면
고요한 호수에 힌 물새 날고,
좁은 들길에 야장미 열매 붉어.

멀리 노루 새끼 마음놓고 뛰어 다니는
아무도 살지 않는 그 먼 나라를 알으십니까?

그 나라에 가실 때에는 부디 잊지 마셔요
나와 가치 그 나라에 가서 비둘기를 키웁시다.

어머니,
당신은 그 먼 나라를 알으십니까?

산비탈 너즈시 타고 내려오면
양지밭에 힌 염소 한가히 풀 뜯고,
길 솟는 옥수수밭에 해는 저물어 저물어
먼 바다 불 소리 구슬피 들려 오는
아무도 살지 않는 그 먼 나라를 알으십니까?

어머니, 부디 잊지 마서요.
그 때 우리는 어린 양을 몰고 돌아옵니다.

어머니,
당신은 그 먼 나라를 알으십니까?

오월 하늘에 비둘기 멀리 날고,
오늘처럼 촐촐히 비가 나리면,

꿩 소리도 유난히 한가롭게 드리리다.
서리 가마귀 높이 날어 산국화 더욱 곱고
노오란 은행잎이 한들한들 푸른 하늘에 날리는
가을이면 어머니! 그 나라에서

양지밭 과수원에 꿀벌이 잉잉거릴 때,
나와 함께 고 새빨안 임금을 또옥똑 따지 않으렵니까?

　　　　　　　　　- <그 먼 나라를 알으십니까> 전문

이 <그 먼 나라를 알으십니까>의 뜻은 초월세계의 위치를 모호한 것으로 묘사하기 위해 의문형 어미를 사용하고 있음을 알 수 있다. 더구나 '그 먼 나라'로 표상되고 있는 초월세계는 인간 부재의 모습으로 묘사되면서 점차 알 수 없는 절대적인 힘을 부여받게 한다. '깊은 산림대', '고요한 호수', '좁은 들길', '붉은 야장미', '노루새끼' 등의 제시로 그 곳 초월세계란 아무도가 본 적이 없는 미지의 세계임을 말한다. 이는 의문형 어미의 쓰임새를 부각시키면서 화자의 위치, 즉 현실과 화자의 의문인 초월세계와의 근거리로 보여주려는 의도인 것이다.

이와 반면, 인용된 부분에서도 알 수 있듯이 화자의 의문은 의지적이다. 즉 초월세계의 존재를 확신하고 있는 것이다. 따라서 청자인 어머니에게 물으면서도 화자는 그 초월세계의 모습을 그릴 수 있는 것이다. 존재에 대해 단정적 의지를 이렇게 보이는 것은 그만큼 인식이 절실하기 때문이다.

또 하나, 의문형 어미가 갖고 있는 의미 기능을 이해하기 위하여, 화자의 질문 내용을 보면 인용된 시에서 뿐만 아니라 석정의 초기시에서는 대체로 의문형 문장이 많이 쓰이고 있다. 그런데 이러한 의문형 문장은 자문자답의 관계를 보여주고 있다. 이것은 화자 청자가 합일을 지향하는 의미의 기능 구조를 가지고 있기 때문이다.

결국 의문형 어미의 사용이 지니고 있는 기능은, 초월세계의 존재확인 그리고 초월세계가 지니고 있는 능력과 아름다움을 확인하려는 상상력의 소산이다. 또한 초월세계를 현실의 문제를 포함하여 모든 문제가 해결되는 곳, 즉 이상향으로 정하기 위한 성역화 작업이라고 하겠다.

다음으로 경어체 문장의 특성과 의미를 확인해 볼수 있다. 인용된 시에서 보아 알 수 있듯이 초기시의 대부분이 만해의 시와 마찬가지로 여성적 어조의 경어체로 되어 있다. 경어체 문장이란 청자에 대한 존경과 선망의식의 표출이다. 그런데 의문형 어미의 문체를 통해서 알 수 있듯이, 화자와 청자의 관계는 이상향인 초월세계로 들어가기 위한 화자 자신의 다짐이라고 하겠다.

이상의 두 유형적 특징인 의문형 어미와 경어체 문장은 석정의 초월의 세계가 이상향으로 접근하고 있을 뿐, 이상향에는 이르지 못하고 있으며, 또한 이의 극복을 위해 절실한 상황을 보이는 것이다.

신석정의 초기시의 화법과 어조를 살피가 위하여 그의 후기시에 나타나는 문장의 전달 관계를 살펴보기로 한다. 후기시에 들어오면서 석정의 시는 거의 전편의 작품에서 경어체를 거부하고 있다.

나도 가고,
너도 가고,
나 같은 여러 사람도,
너 같은 여러 사람도,
이내 자꾸만 올라가고 올라가야 한다.

- <등반> 1면에서

　초기의 시들은 이상향을 추구하고 있으면서도 화자와 청자가 합일되지
않은 상태에서 극적 긴장을 유발시키며 적당한 미적 거리를 확보하고 있음
에 반해, 후기시에 들어서면 초기와 마찬가지로 현실과 이상향의 구분이라
는 구조의 맥락을 유지하고는 있지만 초기와는 달리 분열되었던 두 자아가
합일된 상태에서 바라보게 된다. 화자와 청자와의 관계를 합일의 경지로 이
끌게 되면서부터 더 이상 화자는 현실의 하나로 합일되지 못했다는 의식으로
해서 명령형의 문장이 주조를 이루고 있다. 이러한 시각은 현실을 바라보는
입장이 바뀐 것이 아니라 현실의 내용이 바뀌었음을 말하는 것이다. 보다
구체적인 지적과 현실의 문제점을 직설적으로 노출하게 되는 것도 같은 이유
에서이다. 할 수 없었던 한계의식에서 벗어나 실천적 가능성을 지니게 되는
것이다. 이는 해방 이후라는 역사적 상황과도 깊은 연관이 있음을 짐작케
하는 것이다.

　내 가슴 속에는
대숲에 드는 햇볕이 아른 거린다.
햇볕의 푸른 분수가 찰찰 빛나고 있다.
내 가슴 속에는
오동잎에 바스러지는 바람이 있다.

바람이 멀리 떠나는 발자취 소리가 있다.
파초는 나와 이웃하고 산다.
나도 파초와 이웃하고 산다.

- <내 가슴 속에는> 제1장에서

제 1장의 연만 보더라도 '나'라는 화자 속에는 이미 '햇볕'과 '분수'라는 이상향의 모습이 담겨져 있다. 합일된 두 자아가 일차적으로 동일시되고 있다. 그러나 초기의 시에서 보이듯이 이상향에 대한 경외심은 색다르게 변모되어 나타난다. 여기에는 합일되지 못한 절망적 현실의 과제를 지니고 있기 대문이라고 해석할 수있다.

바람이 불고 있었다.

안개 같은 비가
비 같은 안개가
유리창에 밀려 오고

머언 산 봉우리들이 안개 같은 빗 속에
함초름히 묻혀 가고 있었다.

우
루
루
어디서, 아주 먼 데서
우뢋소리가 들려 오고
우뢋소리가 갓 핀 동백꽃이 흔들리고,

유리창 너머 시나대 숲에서는
사르륵 사르륵 사비약눈 나리듯
댓이파리들이 서로 볼을 문지르고 있었다.
바람은 연신 불고 있었다.

안개 같은 빗사이로
비 같은 안갯사이로
엷은 햇볕이 내다보는 동안

문득
떠난 지 오랜 <생활>을 찾던 나의 눈은
아내의 눈을 붙잡았다.
아내의 눈도 나의 눈을 붙잡고 있었다.

불현 듯 마주친
아내와 나의 눈맞춤 속에

어쩜 그토록 긴 세월이 흘러갈 수 있을 것인가……
나는 몰랐다.

치열한 모서리가 무너진 아내는
이내 원뢰처럼 조용히 웃고 있었다.
조용한 우리들의 눈맞춤 속에
우
루
루
루
원뢰가 아스라히 떠 들려오고 있었다.

- <눈맞춤> 전문

신석정의 마지막 시집 ≪대바람 소리≫에 수록된 <눈맞춤>이다. 완곡한 질문과 경어체의 문장은 후기시에서 단정적 표현의 양상을 띠게 되는데, 이는 인고의 세월 속에서 함께 살아온 부부가 조용히 웃고 있지만, 그 조용함을 깨고 또 들려 오는 '원뢰'처럼 결코 화해로울 수 없는 현실세계에 대한 태도에서 나오는 화자의 어조인 것이다.

이상향을 갈망하는 데서 나오는 어조는 다정다감하고 안정감을 주조로 하는 것이었지만 후기시로 들어오면서 단정적이며 다소 안정되지 않은 문장이 구사되는 것은 화자와 청자가 시텍스트 내에서 이루는 대화적 구조를 상실함으로써 나타나게 되는 시적 태도라고 할 수 있다. 또한 문장에서 마침표나 쉼표 사용도 작품 구성의 배려에서 취해진 리듬의 기교로 합일되지 못한 두 세계 사이의 단호한 단절감을 드러내는 의식의 소산으로 파악할 수 있다.

4. 요약

시인 한 사람의 시세계를 인식하기 위해서는, 그의 시세계가 지니고 있는 특질을 상대적인 다른 시인과 변별적 입장에서 추측해 볼 수 있다. 그러나 이처럼 변별적 특질만으로 그 시인의 시세계를 정확하고 확정적인 것으로 설명할 수는 없다. 전체적인 유기체로서 한 시인의 시세계를 바라본다는 것은 우선 그의 시세계가 지니고 있는 전체적인 특질을 상대적으로 독립된 시세계라고 인정하고 동시대의 보편적 특질과 개인적인 특수성의 특질을 모두 살펴 이를 하나의 현상으로 인식해야 한다. 이로써만이 독자의 고급성에 앞서 독자 자신의 판단 앞에 객관적으로 제공될 만큼 정당한 텍스트가 될 수 있다.

신석정의 경우로 한정하여 보더라도 이는 마찬가지의 원리에서 재고되어야 할 것이다. 즉 자연시인이거나 혹은 참여시인이라는 관습적 설명만으로 신석정의 시세계를 단정지을 수는 없으며 하나의 현상으로서 석정의 유기체적 시세계를 인식하기 위해서는 통시적으로 접근해야 하며 내용과 형식에 있어서도 시적 본질이 이해되어야 한다.

따라서 이러한 태도에 준하여 볼 때, 신석정의 시세계는 '자연에 대한 가시적 태도'와 '자연을 표현 도구로 하는 인신론적 태도'로 구분할 수 있다. 먼저 자연을 하나의 현상으로 인식하고 그 자연현상에 대한 묘사적 태도는 주로 전기시를 통해 두드러지며 시기적으로는 광복 이전이다. 또한 자연을 소재적 매개체로 하여 사회인식에 대해 표현하려는 태도는 후시기를 중심으로 하며, 시기적으로는 광복 이후가 주된 시기로 볼 수 있다.

나아가 이렇게 두 가지 태도로 나위어진 신석정의 시세계를 하나의 유기체로 본다면, 그의 시세계 자체를 다시 하나의 현상으로 인식할 수 있다. 따라서 석정의 시세계라는 하나의 현상을 알기 위해서 본고에서 신석정의 시세계가 지닌 운율의 양식적 특징을 정리하면 다음과 같다.

신석정의 시의 운율은 전기시에서 4음보의 규칙성을 주조로 할 때 이상향의 세계를 그리워하였고, 후기시에서는 3·4음보의 교차와 사설적 운율은 현실참여 인식이기 때문에 무질서한 혼돈과 내재성이 보였다. 이러한 시대적 상황의 반영으로 운율의 양식적 변모가 불가피한 것임을 알 수 있다.

그리고 신석정 시에서 두드러진 특징은 텍스트 내에서 시적 화자와 청자가 말건넴에 귀기울이는 대화적 구조로 되어 있다는 사실이다. 현상적 화자와 청자 사이의 대화 구조 속에서 석정시는 극적인 긴장감이 잘표현되는데, 이는 현실세계에 존재하는 화자가 이상세계로 가고자 권유하는 청자를 어머니나 소년, 아내, 가족의 구성원을 설정함으로써 텍스트 밖의 실제 독자들에게 친밀감을 줄 수 있기 때문이며, 현실세계의 현상적 문제를 화자가 명확히 인식함으로써 이상향의 상정이 결코 허황된 관념편향이 되지 않았기 때문이다. 이처럼 현상적 화자·청자간에 나타나는 시의 대화 구조는 화자의 목소리, 즉 어조가 부드럽고 의문형으로 되어 있으며, 경어체의 문장을 활용함으로써 주제가 더 고양될 수 있는 것이다. 따라서 신석정의 시에서는 함축적 화자나 함축적 청자만이 드러나는 경우보다 시적 긴장도 및 주제 표현의 밀도가 더 강화되었다. 그런데 후기시에서 뚜렷이 드러나는 화자의 목소리는 현실을 바로보는 입장에서 현실의 부정적 양상을 고발적인 어조로 드러낸다. 이는 초기시의 여성적 어조와 구별되는 것이다. 그럼에도 초기와 마찬가지로 현실과 이상향이라는 이원론적 의식구조에는 변함이 없다. 그러므로 석정시의 대화적 구조에서 어조는 자기를 낮추고 상대방을 높이는 경어체는 음악적 효과를 나타내는 운율이다.

V 시적 대화의 구조 ─────────

    신석정의 시세계 속에 내재되어 있는 총체성의 모습에 대한 검토는 시 자체의 형식적 특질과 의미적 국면을 아울러서 고찰할 때에만 보다 더 온전한 면모가 드러날 수 있다. 따라서, 본 장에서는 신석정의 시 전반에 두루 나타나고 있는 형식구조로서의 화자 - 청자 간에 어떻게 관계를 맺고 있으며, 다양한 형태의 화가, 청자 간의 변모가 석정시의 주제를 드러내는 데 어떻게 효과적으로 기능하고 있는지 살펴보려 한다.

    특히, 신석정 시의 보편적 주제인 이상향에 대한 염원을 시인은 시적 화자를 통해 청자에게 어떠한 목소리로 말하게 하고 있는지 살펴봄으로써 신석정이라는 한 시인의 시에서 나타나는 화자와 청자의 모습이 시의 주제와 그 주제를 드러내는 형식적 특질, 그리고 시의 내용을 어떻게 조절하고 있는가를 규명하려는 것이다. 아울러 화자의 다양한 모습을 유형화해 봄으로써 거기에 따라 달라지는 시의분위기, 어조(tone), 태도(attitude), 화법과의 관련성을 살펴보려 한다. 이러한 세부적 분석을 통해서 생산되는 신석정 시의 전체적인 모습은 바로 한국 서정시의 한 독특한 양식으로 인정될 수 있을 것이다.

1. 대화적 구조

현대의 시학은, 주관적 경험이나 정서를 포함하는 서정시나, 일련의 사건을 재현하는 허구적 서사물(narrative)에서 텍스트 내의 의사 소통과정에 관심을 두고 문학작품을 대화의 한 형식으로 간주하려는 경향이 지배적이다. 문학작품을 일상적인 언어사용에서의 같은 방식으로 하나의 대화적 구조로 생각한다는 것은 작가가 자신의 작품가운데 작중인물이나 내용에 대한 태도와, 그 작품의 전달 대상인 독자들에 대하나 태도를 표현하는 실제 작자 이외에, 텍스트 내에는 실제 작자와는 구별되는 또 다른 발언자가 있다는 것을 인정하는 것이다. 이는 모든 시를 어느 의미에서는 작은 드라마로 볼 수 있다는 관점이다.[1] 문자 그대로 공연을 전제로 하는 극이 아니라 대부분의 시가 드라마의 성질, 요소를 갖추고 있다는 말이다. 따라서 시란 장르는 극과 마찬가지로 주제를 구현하는 방법이 추상적이지 않고, 현실 생활에서 경험하나 독특한 정서를 구체적으로 표현하려는 문학형태이기 때문에 드라마와 마찬가지로 하나 편의 시를 읽으면서도 극적 긴장감에 빠질 수 있는 것이다

시를 경험의 구체화이고 경험의 의미있는 형상화라고 볼 때의 극의 관점에 의해 시를 대화적 구조로 파악, 시를 읽는 행위는 의미있는 일이라고 본다. 마치 시를 음악적, 회화적 입장에서 보아 리듬·음성 요소나 이미지의 면에서 고찰할 수 있듯이 극적 상황의 설정은 시를 생생하게 이해하고 표현하는 데에 도움이 된다.[2] 왜냐하면 시는 어느 특정한 화자를 상정함에 의해서 자연스러운 표현의 방법을 얻으며, 그 화자의 말에 귀를 기울이는 어떤 특정한

---

1) 정재완, '한국의 현대시와 어조 - 가상적인 화자와 청자의 설정을 중심으로 - ', 「한국언어문학」 14집, 1976, 4 - 5쪽
2) Hugh Kenner, 「The Art of Petry」, (Holt, 1959)

개인이나 많은 사람에게 말하려는 내적 구조를 가지고 있기 때문이다. 즉 무대 위에서 한 배우가 상대방 배우나 관객을 향해 말하는 일반적인 극양식과 시텍스트는 그런 의미에서 상동 구조로 파악될 수 있는 것이다. 즉 텍스트 창조자인 희곡 작가나 연출가를 한 편의 시를 창작한 시인과 같은 기호로 상정한다면 공연 현장인 무대와 한 편의 시 텍스트는 같은 기호로 볼 수 있는 것이다. 연극 속의 배우가 대사를 하는 것과 같이 한 편의 시 속에서도 가상된 등장인물인 화자의 입을 통해 현실의 상황이 아닌 상상적 상황을 창조하거나 염원한다. 물론 등장인물로서는 화자가 드러나거나 드러나지 않을 수도 있지만, 그렇게 상정함으로써 시의 극적효과는 살아나는 것이다.

이상과 같은 의미에서, 시를 하나의 대화적 구조로 파악하려 할 때 시를 현실 세계나 상상의 세계에 대해 다양한 목소리로 욕망을 표현코자 하는 시인의 시적 자유나 독자의 문학적 향수는 그 의미가 더욱 커진다고 볼 수 있다. 여기에 시를 하나의 대화적 구조로 파악하는데서 얻을 수 있는 효용성이 있는 것이다.

　　　님이어 하늘도없는 바다를 거쳐서 느릅나무 그늘은 지어버리는 것은 달
　　빛이 아니라 새는 빗임니다
　　　홰를 탄 닭은 날개를 움직임니다
　　　마구에 매인 말은 굽을 침니다
　　　네 네 가요 이제 곳가요

　　　　　　　　　　　- 한용운의 <사랑의 끗판> 중 일부

　　오오 아내여, 나의 사랑!
　　하늘이 무어준 짝이라고
　　믿고 살음이 마땅치 아니한가.

·········(중략)·········
한평생이라고 반백년
못 사는 이 인생에!
연분의 긴 실이 그 무엇이랴?
나는 말하려노라, 아무러나,
죽어서도 한 곳에 묻히더라.

- 김소월의 <부부>에서

여봐
침실의 부두에는 푸른 달빛이 물결치며
빛나는 여행담을 속은 거리지 않늬?

일림아
너와 나는 푸른 침실의 작은배를 잡아타고
또
어대로 출발을 약속 하여야겠느냐?

- 신석정의 <푸른 침실> 중 6, 7연

앞에 인용한 시에서 볼 수 있는 것처럼 화자와 청자가 대화를 나누는 형식을 취하고 있다. 한용운의 시에서는 님과 이별한 사랑의 진미를 터득하기 위해서 무수하게 서정의 방랑을 거친 후, 닭이 홰를 쳐대는 새벽의 서광 속에서 님과 만남으로 대회전하려는 순간, 화자는 님의 목소리를 듣고 감동되어 허둥대는 모습을 매우 희극적으로 보여주고 있다.

김소월 시에서도 화자와 청자 간의 매우 진지하고 애련스런 대화를 엿들을 수 있다. 의문과 영탄을 적절히 조절하면서 화자의 강력한 자기 표출과 함께 시의 전체 분위기를 짙은 호소력으로 유도해내고 있다. 신석정의 작품도 인용된 다른 시와 마찬가지로 시의 화자를 통해서 볼 때 더욱 극적으로 읽힐 수 있으며, 화자에 투영된 작가의 목소리가 공명되어질 수 있는 것이다. 왜냐하면 탁월한 시인의 태도는 단순하고 직접적인 태도의 표명이라기 보다는 화자를 통한 태도의 복합체로 나타난다고 볼 때, 시작품 속의 화자의 태도 표현을 읽는 행위는 시의 이해와 표현에 있어서 바람직한 방법이라고 보기 때문이다.[3]

시를 포함하는 모든 문학은 문장으로 존재하며, 이때의 문장은 다양한 서술의 양식을 채택하지만 궁극적으로는 서사양식을 지니고 있다. 서사 (narration)란 용어는 전달내용으로서의 이야기가 송신자에 의하여 수신자에게 전달되는 "소통"과정과, 그 전달 내용을 전달하는데 사용되는 매체의 "언어적"성질을 암시한다.[4] 물론 서정시가 시인의 주관적 경험이나 정서를 표현하는 장르라는 점에서 대체로 1인칭으로 쓰여지며 현재적 시간구조를 지니고 있다고 말해지지만, 서정시의 장르적인 특징은 본질적으로 자아와 대상이 융합된 상태의 주관화되고 내면화된 것으로 규정할 수 있다. 그렇기 때문에 서정시는 끊임없이 대화적 구조 속에서 자아와 대상간의 궁극적 합일을 위해 투쟁하고 있으며, 그것의 구체적 담당자가 바로 시적 화자와 청자의 모습으로 시속에 등장하는 것이다.

윌라이트는 언어는 인간의 원형 중의 하나이며, 동시에 인간의 본질적 특징도 인간의 화자인 동시에 그 이야기를 듣는 수화자, 즉 청자라는 사실에 있다고 하였다.[5] 하이데거도 존재의 진리를 현시하는 언어를 본질적 언어라고 규정짓고 이런 본질적 언어는 대화에서 출발하고 대화로써만 언어는 본질

---

3) 정재완, 앞의 논문

4) S.Rimmon‐Kenan(최상규역), 「소설의 미학」, (문학과 지성사. 1985), 13쪽

5) Philip Wheelwright, 「Metaphor and Reality」, 124쪽

적일 수 있다고 하였다. 왜냐하면 모든 인간의 언어행위는 생래적으로 의사를 표시하려는 자기현시에서부터 출발하려는 것이며 또한 그 표현된 의사를 청자가 수용해 주기를 바라는 기호체계인 까닭이다. 이러한 존재인식의 토대 위에서 언어는 시작되고 사용되는 것이다. 다시 말하면 언어는 두 존재 간의 대화를 전제로 한다.

이와 같은 인식의 바탕 위에서 출발할 때 대화의 가장 본질적 언어로 인식되어 온 것이 바로 시어이다. 그러므로 시를 대화의 한 양식으로 파악할 때 필연적으로 화자와 이 화자의 말을 수용하고 듣는 청자, 그리고 청자에 대해서 갖는 태도로서의 화자의 목소리인 어조(tone)는 서정시의 현대적 특성을 연구할 때 부딪치는 중심과제인 것이다.

이러한 시의 대화적 구조를 인식하면서 신석정의 작품을 감상할 때 느끼게 되는 전반적인 특징은 바로 그 작품의 형식적 특질이 대화형식으로 이루어져 있다는 점이다. 즉 화자인 '나'가 어머니, 님, 소년, 그 밖의 기타 사물들에게 말을 건네는 형식을 취하고 있다는 점이다.

그러면 구체적으로 신석정의 초기 시집인 ≪촛불≫과 ≪슬픈 목가≫에서 나타나고 있는 대화 형식의 구체적 예를 통해 시적 화자와 청자 간의 미적 거리와 주제가 어떻게 드러나는지 확인해 볼 수 있는 증거를 찾아 보도록 하겠다.

석정의 시에서 가장 많이 청자로 등장하는 대상은 어머니이다. 즉 화자인 '나'와 가장 친근하게 대화할 수 있는 상대는 어머니라는 존재인 것이다. 어머니의 상징적 의미가 무엇인가를 밝히는 작업은 뒤로 미루고, 이러한 대화 형식이 보이는 작품을 들면 다음과 같다.

어머니 석양에 내 홀로 강가에서

모래성 쌓고 놀을 때
은행나무 밑에서 어머니가 나를 부르듯이

                    - <그 꿈을 깨우면 어떻게 할까요?>

햇볕이 유달리 맑은 하늘의 푸른 길을 밟고
아스라한 산넘어 그나라에 나를 담숙안꼬 가시겠습니까?
어머니가 만일 구름이 된다면.....

                         - <나의 꿈을 옆보기겠습니까?>

어머니
당신은 그 먼 나라를 알으십니까?

산비탈 넌지시 타고 나려오면
양지밭에 흰 염소 한가히 풀뜯고
길솟는 옥수숫밭에 해는 저물어 저물어
먼 바다 물소리 구슬피 들려오는
아무도 살지않는 그 먼 나라를 알으십니까?

                         - <그 먼 나라를 알으십니까?>

어머니
만일 나에게 날개라 돋혓다면

저 재를 넘어가는 저녁해의 엷은 광선들이 섭섭해 합니다
어머니 아직 촛불을 켜지 말으셔요.

                    - <아직 촛불을 켤때가 아닙니다>

신석정의 첫 시집 ≪촛불≫에는 인용된 작품 이외에도 어머니가 청자로 설정된 시로 <이 밤이 너무나 길지 않습니까?>가 있는데, 어머니는 석정이 그리고 있는 이상향의 전형적인 귀의처로 설정된 이미지이기 때문이다.

그러나 제 2시집 이후부터는 어머니에 대한 원망(願望)이 ≪촛불≫에서와 같이 빈번하게 등장하지는 않지만 여전히 내재된 이미지로 남아있다. <슬픈 전설을 지니고>에서 어머니의 모습이 드러나는데, 이 시에서의 어머니는 조물주 혹은 어떤 절대자로서 상정되어 있다.

하늘이 너무 푸르지 않습니까?
해볕이 너무 빛나지 않습니까?
어머니
당신은 아예 슬픈 전설을 빚어내지 마십시오

- <슬픈 전설을 지니고>

화자인 '나'와 대화를 나누는 대상은 '당신'이나 '임'으로 변주되어 나타나기도 한다.

가을날 노랗게 물 드린 은행 잎이
바람에 흔들려 휘날리듯이
그렇게 가오리다
임께서 부르시면 …..

- <임께서 부르시면>

임이여 무척 명랑한 봄날이외다
이러날 당신은 따뜻한 햇볕이 되어

저 푸른 하늘에 고요히 잠들어 보고싶지 않습니까?

- <봄의 유혹>

　시의 청자가 젊은 소년이나 아들 딸로서 나타날 때 상황은 한층 희망적으로 비춰진다.

일림아
문을 열어제치고 들창도 축겨 올려라
너와 내가 턱을 고이고 은행나무를 바라보는 동안
너와 내가 사랑하는 난초는 푸른 달빛을 조용히 호흡하겠지.....

- <푸른 침실>

소년아
너는 백마를 타고
나는 구름같이 흰 양때를 데불고
이 언덕길에 서서 웃으며 이야기하며 이야기하며 웃으며
황막한 그 우리 목장을 찾어
다시오는 봄을 기다리자

- <소년을 위한 목자>

선아
나리꽃 새잇길로 푸른 하늘 아래로
다시 우리 두날개 가즈런히 펴고
꽃길을 찾어 날어가야 하리라

- <꽃길을 찾어>

신석정 시의 청자는 앞에서 예기한 어머니, 임, 소년 등의 인격체를 넘어서
계절과 나무 등 자연물을 일반에게까지도 포용하고 있다.

　나는 당신이 이 명랑한 녹색 침대를 가져온 줄을 누구보다도 잘 알고
　또 나로 하여금 고요한 잠을 재우기 위하여 해도 채 저 산을 돌아가기
전에
　저 아득한 먼 숲의 짙은 그늘 밑에서 평화한 밤을 준비하여
　안개 자욱한 호수우으로 가만히 나에게 보낼 것을 알고 있습니다.
　봄이여———

　　　　　　　　 - <봄이여 당신은 나의 침대를 지킬수가 있습니까?>

　나의 어린 은행나무여
　이윽고 너는 건강한 가을을 맞이하여
　황금같이 노란 네 단조한 잎새들로 하여금
　그 푸른 하늘에 시를 쓰는 일과를 잊지않겠지………

　　　　　　　　　　　　　　 - <오후의 명상>

후기 시집인 제 3시집 ≪빙하≫의 다음 시에서도 자연물이 시의 청자로
등장하고 있다.

　나 또한 진정 그리운 것 있어
　발 돋음하고 우러러 보아도
　나의 하늘은 너무 아득하고나!

　　　　　　　　　　　　　　　 - <소곡>

이상에서 예거한 바와 같이 신석정의 대부분의 시는 화자인 '나'와 청자인 어머니, 임, 소년 등의 인격체와 봄, 은행나무, 산 등의 자연적 대상물들과 대화를 나누는 형식을 취하고 있다. 물론 인용된 시 모두 화자와 청자가 드러난 시를 선택하여 청자의 여러 모습을 살펴보았지만, 함축적 화자나 청자의 양태도 아울러 살펴야 함은 물론이다.

그러므로 다음 절에서는 이와 같은 여러 양상을 토대로 화자와 창자 간의 대화적 구조와 그로부터 도출되는 주제 사이에 구체적으로 어떤 의미 관계가 내재하고 있으며, 또 그것은 미적 효과를 얻고 있는지 보다 상세하게 유형화 하여 살펴 보도로고 하겠다.

2. 화자와 청자와의 관계

시에 있어서 화자는 시인의 자아가 대상에 대응하는 방법이라고 할 수 있다. 융(C.Jung)에 의하면 그것은 외부세계에 대한 개인의 심리태도의 형태로서, 사회적 자아로서의 화자는 "외부세계와 관계를 맺는 자아의 기능이기 때문에 외적 인격 또는 외적 태도"라고 개념화 되어져 있다.6) 이에 의하면 한 편의 시 속에 나타나는 화자는 시인에게서 표출된 감정의 타당성이나 강렬성 등을 객관화시키는 얼굴이며, 시인의 내면적 지향점과 외부적 상황을 조절하는 의식 분화의 장치라고 할 수 있다.

그러므로 화자의 다양한 변모는 서정시의 구성을 극적으로 만듦에 의해 시적 장르에 특성인 긴장에 관여한다. 즉 화자의 유형에 의한 환기적용법,

---

6) C.G.Jung, 「The Archetypes and Reality」, (Princeton University Press, 1975), 122 - 123쪽

시 속에서 화자가 드러내는 화법 및 용어 등은 시인의 자아와 대상과의 거리를 조정함에 의해 시인의 정서를 효과적인 미학으로 드러내는 한 역할을 하는 것이다.[7]

시적 화자를 염두에 둘 때 필연적으로 등장하는 것이, 시적 화자의 말건넴에 귀기울이는 대상으로서의 청자를 상정하지 않을 수 없다. 왜냐하면 이러한 개념에서의 텍스트는 근본적으로 대화적 구조를 지향하고 있기 때문이다.[8]

그런데 시적 화자를 분석할 때 중요한 문제로 제기되는 것은, 경험 세계에 존재하고 있는 실제 시인과 텍스트 내에서 대화에 참여하는 시적 화자를 어느 정도 동일시 해야 하는가 라는 문제이다. 일인칭 화자가 사용되는 경우 시적 화자와 시인을 동일시 할 수 있지만, 현재의 시학적 경향은 "탈

---

7) 김현자, '한국 현대시의 화자 연구 - 박목월 시를 중심으로 - ', 한국문화연구원 논총 48집, 1986

8) 텍스트로서의 한 편의 시가 대화적 구조를 지향한다는 개념은 구조주의적 시각에서 바라볼 때 담화구조(discourse frame)를 형성하고 있다는 의미로 환치될 수 있다. 담화를 언어적 상황이 가능하기 위해서는 그 상황에 필요하여 동시에 그 상황을 충족시키는 몇가지 조건이 전제되는데, 이러한 조건, 혹은 상황의 기본적인 요소들을 상황소(deixis)라고 한다. 담화구조에서 상황소란, 화자, 청자, 시간, 공간, 양식, 정보로 드러나며, 화자와 청자를 가리키는 상황소를 시인소라 부른다. 이외에도 담화구조를 발화시, 사고시, 지정시를 가리키는 시시소, 발화 장소를 가리키는 화시소가 있는데, 담화라는 하나의 상황을 구성하는 요소중에 네가지 상황소 외에 정보, 발화, 동사에 의하여 담화다운 구조를 드러내는 것이다. 모든 담화구조는 따라서 상황소 - 정보 - 발화 동사의 유기적인 상관성으로 제시된다. 그런데 일상적인 담화와는 달리 문학적인 담화 혹은 시적인 담화에서 이러한 상황소들은 파괴 되어 허구적 상황으로 화하게 되는데, 야콥슨은 언어의 "상황"이 아니라 "전달"이라는 측면이 강조될 때 논의는 전언(message)을 중심으로 제시된다고 한다. 시적 담화의 특성은 언어의 시적 기능이 환기하는 것으로, 말하자면 전언 자체에 초점을 두는 언어 기능에 의하여 가능하다. 그러므로 화자와 청자의 상황소 즉 시인소는 시시소, 시공소, 화시소를 포괄하여 담화구조에서 가장 보편적으로 부각되는 상황소이다. 이승훈, 「한국시의 구조 분석」, (종로서적, 1987), 38 - 41쪽

(persona)"이란 용어로서 시적 화자를 실제의 시인과 구별하려는 경향이 지배적이다. 즉 시가 하나의 창조물인 이상 "탈"이란 시적 화자를 "자전적으로 동일시할"것이 아니라 "상징적으로 동일시해야 할"것이라고 주장한다. 시적 화자는 제재에 대한 태도를 표명하기 위해 창조된 극적 개성이기 때문에 시는 고백이고 자전적이 아니라 어디까지나 허구적이고 극적이라는 것이다.[9]

우리가 읽는 대상물로서의 텍스트는 경험적 세계의 진실을 그대로 담고 있는 담화체계로 파악할 수도 있지만, 서사물과 마찬가지로 현대의 모든 시 작품들이 하나의 서정적 창작물로서 간주될 수 있기 때문에 우리는 경험세계에 있어서의 소통과정 보다도 텍스트 내에서 표현하고자 하는 내용을 허구적 청자에게 전달하는 극적 화자가 있다는 점을 상정할 수 있는 것이다.[10]

이와 같이 화자의 다소 복잡한 문제를 검토하려 할 때 명료한 시사를 주는 이론이 W.부우드에 의해 보급된 서사이론이다. 부우드에 의하면 실제 작자와 실제 독자는 엄격한 의미에 있어서의 서사 거래(narrative transaction)의 장에서 제외되어야 한다는 것이다. 이 둘은 부우드나 그 밖의 많은 이론가들이 주장하는 "함축적 작자(implied author)"와 "함축적 독자(implied reader)"라고 부르는 대리자에 의해 "대표되고" 있다. 부우드가 말하는 함축적 작자는 텍스트의 위치적 의미를 넘어서, 하나의 인격적 실재로 간주되며, 종종 작자의 "제 2의 자아(second self)"라고 지칭된다. 이 함축적 작자는 "실제의 사람"과는 언제나 구별되는데, 우리가 실제 이사람을 무엇이라고 하든, 그는 자신

---

9) 김준오, 「시론」, 문장. 201쪽
10) 실제 작자인 시인과 시적 화자가 동일시되지 않고 적절한 거리를 유지 한다는 것은, 시 속의 화자가 경험적 개인이 아니라 허구적 개인이며, 시 속의 상황은 actual linguistic act로서의 상황이 아니라 시가 모방하는 linguistic act로서의 상황, 따라서 impersonal이다. 시적 인물은 비인격적 인물이다. J.Culles, 「Structuralist Poities」, Connell University Press, 164 - 170쪽 (이승훈, 「한국시의 구조분석」, 종로서적 , 91 - 96쪽에서 재인용)

의 작품을 창조할 때보다 더 우수한 자신의 변형, 하나의 "제 2의 자아"를 만들어 낸다.11)

이러한 견해에 동조할 때 함축적 화자는 작품 전체의 지배적 의식이며 작품 속에 구체화되어 있는 규범의 연원이다. 즉 함축적 화자는 텍스트 전체의 허구의 일부이며, 화자는 작품을 구성해 나가는 과정을 통해서 이 함축적 화자의 존재를 점차적으로 부각시키며, 이 함축적 화자는 독자에게 미치는 작품 전체의 효과를 만들어 내는데 중요한 역할을 하게 된다.

모든 서사물에 최소한 하나씩의 화자가 있다면, 마찬가지로 최소한의 수화자, 즉 청자가 잇게 마련이다. 텍스트 내에서 "당신"으로 통칭되는 청자는 곧 한 사람의 화자의 존재를 암시하는 것과 마찬가지로, 화자를 지칭하는 나는 어느 것이나 청자의 존재를 암시하는 것이다. 왜냐하면 어떤 발언에서 나 1인칭은 곧 2인칭을 내표하고 있고, 2인칭은 1인칭을 내포하고 있기 때문이다. 화자와 청자와의 관계는 그러므로 상호 규정적 규범성으로 텍스트 내에서 기능하고 있는 것이다. 의사소통 관계를 가시적으로든 비가시적으로든 조절하는 한 벌의 내표적 규범으로 이해할 수 있다.

서상에서의 이와 같은 이해를 바탕으로 하나의 텍스트를 둘러싸고, 관계하는 기호쌍들을 도식해 보면, 실제작가 - 실제독자, 함축적 화자 - 합축적 청자, 현상적 화자 - 현상적 청자로 나타낼 수 있다. 따라서 텍스트는 다음과 같은 도표를 통하여 표현되고 이해되는 것으로 볼 수 있다.12)

---

11) 웨인 부우드, 「소설의 수사학」, 제 3장

12) 위의 도표는 웨인 부우드에 의해 가장 두드러지게 보급된 서사이론을 기호학적 소통모델을 통해 명료화하기 위하여 채트만이 내놓은 도식이다. 채트만의 원래 용어와는 약간의 차이가 있으나 텍스트 내에서의 화자 - 청자 관계는 여기에서 사용하려는 용어와 그 본래 의미가 다르지 않다고 생각되기 때문에 이 용어를 가지고 신석정 시의 화자를 분석하겠다. 즉 본 논문에서는 시의 화자 - 청자를 텍스트 내에서 나타나나, 나타나지 않는가에 따라

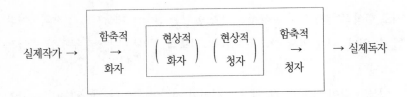

위의 도식에서 실제 작자와 독자는 텍스트 밖의 인물로, 경험세계에 있어
서의 소통과정보다 텍스트 내에서의 소통과정을 더 중요하게 취급하는 대화
구조로서 이 시 텍스트 분석에서는 논의로 한다. 관심을 두어야 할 것은 실선
상자 안의 담화 체계로서 구성된 시텍스트 자체이다. 점선 상자 안의 현상적
화자 - 청자는 "발언 속의 발언"(speech within speech)을 의미하고 있으며
그곳의 나타남이 "화자가 있을 수도 있고, 없을 수도 있다."는 선택적 요소로
규정되는 것이다.13) 즉 현상적 화자는 함축적 청자가 꾸며낸 인물로서 텍스
트에 나타날 수도 있고 나타나지 않을 수도 있는 자의적이 요소이다. 마찬가

함축적 화자 - 함축적 청자. 현상적 화자 - 현상적 청자로 분류하여 살펴 보려 한다. 위의
도식에 관한 자세한 설명은 다음은 저서를 참고하기 바람.
* Seymour Chatman, 「Story and Discourse」, (Cornell University Press, 1978), 150 - 151쪽
* Wayne Booth, 「The Rhetoric of Fiction」, (The University of Chicago Press, 1961),
3장
* Robert R.Magliola, 「Phenomenology and Literature」, (Perdue University Press, 1977),
16쪽
13) 웨인 부우드는 세이머 채트만의 이와 같은 규정이 비판없이 그대로 수용되고 있는 것은
아니다. 쉴로미드리몬 - 캐넌은 함축적 화자를 인칭화된 "의식"이나 "제 2의 자아"로 생
각하기 보다는 텍스트를 기초로한 구성물로 보는 것이 훨씬 더 안전하다고 본다. 즉 리몬
- 케넌은 채트만의 도식에서 발견되는 난점을 지적하며, "목소리도 없고, 직접적 소통수
단도 없는" 함축적 화자에게 소통상황 내에서의 송신자의역할을 부여한다는 것은 용어상
의 모순이라고 비판하고, 함축적 화자라는 개념은 비인칭화 되어야 한다는 것이다. 그러
면서도 오히려 힘축화자와 함축청자를 제외하고, 대신 현상적 화자와 청자를 소통상황의
선택적 요인이 아니라 성립요인으로 포함시키자고 주장한다. 쉬로미드 리몬 - 캐넌 (최상
규 역), (소설의 시학), 129 - 133쪽

지로 현상적 청자 역시 현상적 화자가 발언한 진술의 대상자로서 자의적이라 할 수 있다. 이에 반해 함축적 화자와 함축적 청자는 텍스트 구성상 필연적 요소이다.14)

이상과 같이 살펴 볼 때 화자는 시인이 처한 상황이나 개성과는 분리되어 있는 시용하는 기술적 장치이니 만큼,15) 말을 듣는 사람, 곧 청자의 존재를 고려해야 하며, 이는 화자의 작품의 제재나 청자, 자기 자신에 대한 태도를 일컫는 어조의 문제와도 긴밀히 연결된다.

이러한 화자 청자의 문제는 결국 화자의 감정이나 정서를 양식화하는 과정에서 대상에 대해 어느 정도의 거리를 유지하느냐 하는 "미적 거리"의 문제로 귀결되고, 이런 모든 과정을 통하여 한 시인의 의식을 규명하는데 까지 나아가게 된다.

따라서 신석정의 작품에 나타나는 다양한 화자의 위치와 청자의 양태는 이러한 분석들을 가지고 접근할 때에만 그 타당한 의미를 드러낼 수 있다고 본다. 그런 의미에서 신석정의 시에서 드러나는 화자의 유형을 여러 각도로 들여다 보는 일은 의미있는 일이라고 할 수 있다.

1) 현상적 화자 및 현상적 청자

어머니
당신은 그 먼 나라를 알으십니까?

깊은 산림대를 끼고 돌면

---

14) S.Charman, 「Story and Discourse」, 150 - 151쪽
15) 김현자, 앞의 논문 7쪽

고요한 호수에 흰물새 날고
좁은 들길에 야장미 열매 붉어
멀리 노루새끼 마음놓고 뛰어 다니는
아무도 살지 않는 그 먼 나라를 알으십니까?

그 나라에 가실때에는 부디 잊지마셔요
나와 가치 그 나라에 가서 비둘기를 키웁시다

- <그 먼 나라를 알으십니까?>

인용된 위의 시는 작중 화자와 청자가 명확히 드러나고 있는 시이다. 발화하는 시적 화자로 자식의 입장에서 어머니와 대화하고 있는 것이다. 화자인 '나'는 어머니에겐 먼 나라에 가서 살 것을 반복적으로 권유하고 있다. '그 먼 나라'는 흰 물새가 날고 야장미 열매가 붉으며 노루새끼가 마음껏 뛰놀 수 있는 아무도 살지 않는, 지금 이곳이 아닌 먼 나라이다. 화자는 아무도 알지 못하고, 아무도 밟아 보지 못한 비가시적인 세계 즉 초월적 세계를 간절히 염원하고 있는 것으로 볼 수 있다. 이 초월적인 세계는 세속적인 세계와는 구분되는 대단한 세계임을 화자는 잘 알고 있다. 그래서 청자인 '어머니'에게 같이 가자고 간곡히 권유할 수 있는 것이다.

초월적 세계, 이상향에 대한 원망(願望)은 다음의 시에서도 나타나고 있다.

어머니
만일 나에게 날개가 돋혓다면
석양에 임금같이 붉은 하늘을 날러서
뚱그란 지구를 멀리 바라보며
옥토끼 기르는 목동이 되오리다 달나라에 가서………
그리하여 푸른 달밤 피리소리 들려 오거든

석양에 토끼 몰고 돌아 가며 달나라에서 부는 나의 옥통소
인줄 아시오

그런데 어머니
어찌하여 나에게는 날개가 없을까요?

- <날개가 돋혓다면>

위의 시에서 화자가 상징하고 있는 이상향은 <그 먼 나라를 알으십니까>
의 '먼 나라'와 같은 의미의 비현실적 세계이다. 옥토끼가 존재하는 동화의
세계인 달나라이다. 그럼에도 불구하고 화자는 청자인 '어머니'에게 '날개'
가 없음을 말하고 있다.

인용된 두 시를 통해 일단 확인할 수 있는 시인의 의식은 끊임없이 현실
세계의 구조와는 다른 초월적이고 소망스런 이상향을 염원하고 있다는 점이
다. 그러나 그 세계는 화자의 상상과 꿈의 세계에서만 존재하는 곳일 뿐이
다. 세계로 갈 수 있는 '날개'가 없기 때문이다. 이엄연한 사실을 시적 화자는
너무나도 잘 알고 있기 때문에 반복적으로 계속 질문하는 것이다.

이와 같은 단서는 먼저 인용하고 <그 먼 나라를 알으십니까?>의 2연에
나타난 화자의 발화에서 포착할 수 있다.

양지밭에 흰염소 한가히 풀뜯고
길솟은 옥수수밭에 해는 저물어 저물어
머너 바다 물소리 구슬피 들려오는
아무도 살지않는 그 먼 나라를 알으십니까?

어머니 부디 잊지 마셔요

그때 우리는 어린양을 몰고 돌아옵니다.

- <그 먼 나라를 알으십니까?> 2연 중에서

　즉 화자인 '나'와 청자인 어머니가 '먼 나라'가 '달나라'에 가는 때는 지금 이 순간이 아니라 언제일지 모르는 '그 때'이다. 부사어 '그 때'는 바로 현실적 시간과 화자의 소망적 시간과의 심정적 거리를 좁혀주는 시어이면서, 동시에 현실적 위상을 인식케 해주는 시어라고 할 수 있다.

　또한 <날개가 돋혔다면>에서의 '날개'는 현실적 공간으로서의 지구로부터 '먼 나라'나 '달나라'로 갈 수 있는 매개이지만 그런 '날개'는 화자에겐 존재하지 않는다. 그러나 화자는 청자인 '어머니'에게 끊임없이 질문하고 있다. 이는 현실에 대한 인식을 화자가 명확히 하고 있으면서도 초월적 세계로 나아가려는 의지적 표현으로 해설할 수 있다.

　그런데 신석정의 시에서 두드러지게 현상적 청자로 설정되는 '어머니'는 시적 화자와 어떤 관계를 맺고 있는가? 이러한 물음에 대한 해답은 궁극적으로 석정의 시의 주제가 무엇인지 따져보는 것과 무관하지 않다.

어머니
산시는 저 숲에 살지요?
해 저문 하늘에 날어가는 새는
저 숲은 어떻게 찾어 간답니까?
……(중략)……
어머니 석양에 내 올로 강가에서
모래성 쌓고 놀을때
은행나무 밑에서 어머니가 나를 부르듯이
안개 끼어 자욱한 강건너 숲에서는

스며드는 달빛에 빈 보금자리가
늦게 오는 산새를 기다릴까요?
……(중략)……
내가 어머니 무릎에 잠이 들때
저 바람이 숲을 찾아가서
작은 산새의 한없이 깊은
그 꿈을 깨우면 어떻게 할까요?

- < 그 꿈을 깨우면 어떻게 할까요?>

시적 화자가 대상으로서의 청자와 쉽게 동일화되기 위해서는 자기 자신을
가깝게 드러내 보일 수 있는 청자이어야 함은 당연하다. 그런 의미에서 어머
니가 현상적 청자로 등장하는 것은 적절한 시적 장치라고 볼 수 있다. 해가
저물면 숲을 찾아 가는 산새처럼 현상적 화자인 나는 어머니를 찾아가는 존
재이다. 어머니가 나를 부르듯이 숲의 보금자리는 늦게 오는 산새를 기다리
고 있다. 또한 어머니 무릎에서 잠이 들 듯이 산새의 꿈을 깨우지 않게 되기
를 화자인 나는 바라고 있다.

이렇게 볼 때, 현상적 청자인 어머니는 텍스트 밖에 존재하는 화자와 독자
사이를 중개하고 시적 화자가 자신을 가장 잘 드러내 보일 수 있는 가족이나
혈육 등을 선택·구성함으로써 수신자와 발신자 사이의 동일화가 비교적 쉽
게 이루어지는 것이다. 나아가서 그들은 텍스트 밖에 존재하는 화자와 독자
사이를 친밀하게 중개함에 의해 시인이 친숙하고 가까운 얼굴을 보여주는데,
이는 독자에게 신뢰감을 주는데에 성공적인 기법이라고 볼 수 있다. 16)

---

16) 김현자, 앞의 논문, 13쪽

여보

얼마나 훌륭한 새벽이요

우리는 몇억만년을 두고 우리의 생활에서 너무나 오래오래 잊어버리었

다 하는

그 푸른 하늘을 찾으러가지 않으시렵니까?

                    -<훌륭한 새벽이여 오늘은 그 푸른 하늘을 찾으러갑시다>에서

란아

푸른 대가 무성한 이 언덕에 앉아서

너는 노래를 부러도 좋고 새같이 지줄대도 좋다

지치도록 말이없는 이 오랜날을 지니고

벙어리처럼 목놓아 울수도 없는 너의 아버지는 나는

차라리 한그루 푸른 대(竹)로

내 심장을 삼으리라

                              -<차라리 한그루 푸른 대로>에서

소년아

너는 백마를 타고

나는 구름같이 흰 양때를 데불고

이 언덕길에 서서 웃으며 이야기하며 이야기하며 웃으며

황막한 그 우리 목장을 찾어

다시오는 봄을 기다리자

                              -<소년을 위한 목가>에서

　화자는 '남편'과 '아버지'등으로 변화되며 청자와의 정서적 체험을 공유하
기 위해 인격적인 상호관계를 구축한다. 위의 세 시는 대등한 관계 속에서

화자와 청자가 화해로운 동일화 관계를 지향하는 모습을 보여주고 있는 시들이다. 즉 현상적 화자와 청자가 명료하게 드러나는 예들에서 볼 수 있듯이, '먼 나라'에 '어머니'와 같이 가고 싶다는 희망이 ≪촛불≫과 ≪슬픈목가≫를 중심으로 한 시편에서도 지속적으로 제기되고 있다. 특히 현상적 청자가 거의 2인칭으로 나타나기 때문에 대화 관계의 거리감이 한층 가깝게 느껴지는 효과를 얻게 된다. 이러한 현상적 화자와 청자가 텍스트 내에서 명료하게 드러남으로써, 단조롭기 쉬운 서정시에 일종의 극적 긴장감을 제공해 주기도 한다. 이 극적 긴장감은 바로 화자와 청자 간의 등가관계(equivalence)[17]를 지향하는 대화 속에서 생겨나는 결과물이다.

밤 ─────
밤이 왔습니다
그 검고 무서운 밤이 또 왔습니다

태양이 가고
빛나는 모든 것이 가고
어둠은 아름다운 전설과 신화까지도 먹칠하였습니다
어머니
옛이야기 하나 들려 주서요

---

17) 야콥슨은 시적 기능을 나타내는 언어저거 체계의 특성을 등가성(equivalence)의 원리로 파악하고 있으며, 시적 담화는 등가성의 원리에 의하여 언어적 단위문이 연결된다고 한다. 즉 한편의 시의 통합관계는 시에서 이 등가서의 원리를 선택의 추에서 결합의 축으로 투사하는 것이다.
R.Jacobson, 「Concluding Statement - Linwuistics & Poritics」, (T.Sebleck편, Style in Language, The M.I.T.Press, 1975), 358쪽, 이숭훈, 「한국시의 구조 분석」, 종로서적, 149쪽에서 재인용

이밤이 넘우나 길지 않습니까?

- <이 밤이 너무나 길지 않습니까?>에서

신석정 시의 극적 긴장감은 현상적 화자와 청자 간의 내밀한 대화를 통해서 이루어지고 있다. 인용된 시는 그런 의미에서 시를 통해 현실을 극복함으로써 이상향을 추구하는 그의 전기시가 지향점을 진지하게 보여주고 있다. 즉 너무나 긴 밤을 세우기 위해서는 어머니의 이야기가 필요한 것이다. 그렇지 않으면 결코 긴 밤을 지새울 수 없기 때문이다.

2) 현상적 화자와 함축적 청자

청자는 숨어 있고 현상적 화자만이 나타나 있는 이와 같은 시형식은 표현양식으로서의 서정시의 특성을 규범적으로 보여준다. 현상적 화자가 나타내는 어떠한 유형의 시들이 취한 형식은 '나'의 강조로 인하여 화자의 주관적 정조를 나타내는데 아주 적합하다. 왜냐하면 언어의 표현기능이 강하게 작용하기 때문이다. 청자는 숨어 있고 현상적화자 만이 드러나는 이런 시형식은 그러므로 독백적 표현, 엿들어지는 독백이라는 서정성을 느끼게 한다. [18]

따라서 현상적 화자가 드러나는 시형시은 시인이 자기 자신에게 말하는 근본적 서정시에 가장 가깝게 접근하고 있으며, 시인과 화자 간의 간극은 지극히 좁다. 이것은 시적 화자 자체가 시인의 표명하기 위해 창조된 극적 개성이기 때문에 허구적이고 극적인 성격을 가질 수밖에 없으며,[19] 감정을 토로하는데 가장 효과적이다. 즉 실제 상황과 가장 밀접하게 연관될 수 있는

---

18) 김준오, 「시론」, 문장, 209쪽
19) 이승훈, 「시론」, 고려원, 201쪽

시형식이라고 할 수 있다.

　　　새새끼 포르르 포르르 날어가버리듯
　　　오늘밤 하늘에는 별도 숨었네

　　　풀려서 틈가는 요지음 땅에는
　　　오늘밤 비도 스며 들겠다
　　　어두운 하늘을 제쳐보고싶듯
　　　나는 오늘밤 먼 세계가 그리워──

　　　바나리는 촐촐한 이 밤에는
　　　밀감껍질이라도 지근거리고 싶고나!

　　　나는 이런밤네 새끼꿩소리가 그립고
　　　힌물새 떠나가는 먼 호수를 꿈뀌고싶다

　　　　　　　　　　　　　　　- <촐촐한 밤> 전문

　　시 <촐촐한 밤>에서 나타나듯이 '──보고싶듯', '그리워', '그립고', '꿈뀌고 싶다' 등의 감정을 표현하는 개별적 어휘들이 빈번하게 사용되고 있으며, 이러한 감정의 고백적 단편들은 화자의 성격과 결부되어 전체적인 연관성을 지니게 된다.

　　현상적 화자 만이 나타나는 시는 화자와 청자가 동시에 나타나는 시형식의 경우보다 그 합일의 거리감이 더욱 가깝게 느껴질 수 있다. 끊임없이 이상향을 추구하고 있으면서도 호자의정조 속에는 의문이 남아있는 형식과는 달리, 화자 자신의 영탄적 독백이 주조를 이루고 있다. 즉 화자는 '먼 세계'가 그립고 '먼 호수'를 꿈꾸고 싶을 뿐이지, <그 먼 나라를 알으십니까>에서처럼 화자가 청자인 어머니에게 '먼 나라'를 아느냐고 묻지는 않는 것이다.

일인칭 화자나 대상의 주관화에 기여하는 측면을 보여주는 이러한 태도들의 시들은 대체로 화자 지향적인 관점을 제시해 주고 있다. 언어기능으로 말하고, 언어기능을 일인칭 "나"가 중심인 화자 지향의 세 유형으로 구분하면서, 화자 지향에서 나타나는 어조는 감탄, 정조 등의 양상을 띠고 있다고 보았다.[20]

이렇게 화자 지향적인 시에서는 화자와 청자 간의 적당한 "거리"가 없어지면서 현실에 대한 명확한 인식 없이 행복한 공간만을 소망하게 되는 형태로 나타난다.

> 따뜻한 햇볕 물우에 미끄러지고
> 힌물새 동당동당 물에 뜨덧 놀고싶은 날이네
>
> 언덕에는 누른 잔디 헤지는 바람이 있고
> 힌염소 그림자 물속에 어지러워
>
> 묵은 밭에 가마귀 그 소리 한가하고
> 오늘도 촘이 자졌다…하늘에 해오리…
>
> 이렇게 나른한 봄날 언덕에 누워
> 나는 푸른 하늘 바라보는 행복이 있다.
>
> － <푸른 하늘 바라보는 행복이있다> 전문

---

20) 이와 같은 화자를 지향하는 전언(message)은 시적 담화의 구조에서 정서적 기능을 담당하며, 발신자에 초점을 맞추게 된다. 즉 발신자의 태도를 직접 표현하려는 목적으로 진위와 관계없이 어떤 감정의 인상을 자아 낸다. 감탄문의 형식으로 이해할 수 있으며, 언어의 정서적 기능, 혹은 표현적 기능이라고 한다. 이승훈, 「시론」(고려원, 1979), 85쪽

화자는 따뜻한 어느 봄날 아무런 현실적 시름없이 '푸른 하늘'을 바라보며 행복감에 젖고 싶어 한다. 그러나 화자 지향의 시편들은 현실적 좌절과 고통에 대한 반어적 표현의 효과로 해석할 수 있음에도, 극적 긴장감이 약화됨으로써 시적 성과로 나아가기에는 다소 부족한 느낌을 주고 있다.

화자 지향의 시에서 나타나는 이러한 현상적 화자의 독백적 표현에서 동일한 화자 사이의 대화로 나타날 때 극복될 수 있다. 독백적 표현이면서 자기 자신에 대한 직접적 관계와 관조적 거리감을 동시에 제시하는 시적 형식은 자신이 화자이자 청자인 경우이다.

> 돌 하나 비에 젖어 푸른 이끼와 이끼……
> 조용한 황혼이 속속드리 비최일 듯 영롱하이
>
> 저 돌 아래
> 작은 난초나 하나 심거 볼까?
> 돌같이 말없이 자라나서
> 달빛처럼 푸른 향기가 흘러 넘치게……
>
> 몇 만년전 옛이야기를 간직하고 있는듯한 돌……
> 몇 만년후 옛이야기를 간직한채 있는듯한 돌……
>
> 돌같이 청수하고
> 평온한 마음을 가지고 싶다
> 성당에 켠 촛불처럼
> 맑고 히게 내가 늙을때까지……
>
> —<돌> 전문

현실적 존재로서의 현상적 화자는 함축돼 있는 "제 2의 자아"인 '돌'을 매개해 바라보는 형태를 취하고 있다. 즉 화자는 '돌같이 청수하고 평온한 마음'을 가지고 '맑고 히게'살고 싶어 하나 냉엄한 현실은 이를 결코 용납하지 않는다. 이는 시인이 두 자아 사이의 대화를 시도해 봄으로써 분열된 자신을 통합하려 하는 장치로 이해할 수 있다. 결코 화해스러지 못한 현실 속의 자아와 오랜 세월 동안 푸른 향기의 이야기를 간직하며 살아가고 싶은 또 다른 자아가 본질적으로는 배타적인 관계로 보일 수 밖에 없는 비극적 상황임에도 돌을 매개로 끊임없이 이상향을 갈망함으로써 현실과 꿈이 균형을 이루게 되는 것이다.

이렇게 현상적 화자와 함축적 청자가 극적 긴장관계 속에서 대화하며 기쁨을 얻을 수 있는 것은 바로 삶의 현실적 조건에 대한 역설적 제시를 통해 이상향을 추구하려는 신석정 시의 공통된 주제 의식이라고 할 수 있다.

3) 함축적 화자와 현상적 청자

시의 화자가 겉으로 들어나지 않은 채 현상적 청자만이 나타나는 청자 지향의 시는 그 어조가 명령・요청・권고・애원・질문・의심 등의 양상을 띠게 된다.[21] 이러한 양식에서 화자는 풍경과 사물 뒤에 숨어버림에 의해 자아와 대상의 합일을 시도하게 된다. 따라서 함축적 화자는 겉으로 드러나지 않기 때문에 현상적 화자 보다는 직접적이지 못하지만 오히려 그점 때문

---

21) 전언(message)이 청자를 지향하는 경우 능동적 기능을 나타내며, 진위(眞僞)의 결정이 불가능한 명령과, 진위의 결정이 가능한 단정문의 형식으로 이해된다. 화자를 지향하는 2인칭이 마술적 기능을 수행한다면 청자를 지향하는 2인칭은 주문적(呪文的)기능을 나타낸다.
이승훈, 「시론」, 85쪽

에 자신의 감정을 보다 효과적으로 전달할 수 있는 기법적 여유를 가질 구 있다.

> 이윽고 저 숲새로 푸른별이 드나들고
> 은하수 흰물결이 숲을 비껴 흐를게다
> 일림아 어서 란이를 데리고 나오렴
> 이끼 낀 돌에 앉어 머언 하늘을 바라보자
>
> > - <월견초 필 무렵>에서

함축적 화자가 바라보며는 '머언 하늘'은 < 그 먼 나라를 알으십니까>에서의 '먼 나라'와는 그 심정적 거리가 다르다. 함축적 화자가 상정하고 있는 이상향은 감정이 절제된 상태에서 추구되는 세계이다. 감정의 절제는 곧 자연을 보는 시각과 대상 사이에 유지되는 거리의 문제로 이어진다. 따라서 화자는 대상과 먼 거리를 유지하려 한다. 이러한 의도는 형용사의 활용이 다르게 나타난다. 인용된 위의 시에서 '머언 하늘'의 "머언"은 분명히 "먼"의 호흡 보다는 길게 발음되며 들린다. 이것은 화자로서의 자아와 대상 간의 거리가 멀리 떨어져 있음을 의미하며, 또한 대상을 멀리 둠으로써 대상을 보다 객관적으로 투명하게 볼 수 있다. 그러므로 위 시의 함축적 화자는 이상향으로서의 세계를 담담하고 냉정하게 바라볼 수 있는 여유를 갖게 된다.

이러한 관조적 자세 - 산수는 오롯이 한폭의 그림이냐 - 는 부제가 달린 <산수도>의 관조적 태도로 이어진다.

> 숲길 짙어 이끼 푸르고
> 나무 사이사이 강물이 희여

해볓 어린 가지끝에 산ㅅ새 쉬고
흰 구름 한가히 하늘을 거닌다

산가마귀 소기 골작을 잦인데
등넘어 바람이 넘어 닥쳐와⋯⋯

굽어진 숲길을 돌아서 돌아서
시냇물 여움이 옥인듯 맑어라

푸른산 푸른산이 천년만 가리
가울이 흘러흘러 만년만 가리

- <산수도> 전문

　화자는 세상과 절연된 정숙한 숲 속의 '시냇물 여움'을 들으며 침잠하려는
태도를 취한다. '동넘어 바람아 넘어 닥쳐와'도 화자의 관조적 자세를 견지하
려 한다. 이와 같은 경향은 후기시에 접어들면서 현실과 이상향의 구분이라
는 맥락을 유지하고 있지만 초기시의 화자 설정과는 달리. 분열되었던 두
자아를 하나로 합일시키려는 시적 의도의 단서를 보여주고 있다.

　이상에서 신석정의 「촛불」과 「슬픈목가」를 중심으로 시적 화자의 유형을
살펴보았는데, 이를 근거로 석정시의 화자는 주제와 관련하여 다음과 같이
요약할 수 있다.

　첫째로, 석정시의 현상적 화자와 청자는 '나'와 '어머니', '나'와 가족관계
를 중심으로 이루어지고 있다. 화자는 청자인 '어머니'의 존재를 매개로 이상
향을 추구하지만 그 세계는 도달할 수 없는 세계이다. 물론 화자도 이러한
사실을 알고 있기는 하지만. 그럼에도 초월적 세계에 도달코자 끊임없이 청

자와 대화하려고 한다. 특히 화자와 가족관계를 중심으로 설정됨으로써 텍스트 밖에 존재하는 독자들에게 신뢰감을 줄 수 있는 효과를 얻고 있다. 또한 화자와 청자가 극적 긴장감을 획득함으로써 주제를 보다 구체적으로 표현할 수 있는 효과를 아울러 얻고 있다. 이러한 화자 유형이 석정시의 주조를 이루고 있는 유형이다

둘째로, 현상적 화자만이 드러나는 경우이다. 화자 지향적인 이 유형은 화자와 청자간의 거리가 소멸됨으로써 현실적 인식과 이상향 추구의 주제와 긴장감 있게 관계를 맺지 못하는, 다소 이완된 시정신을 보여주고 있다. 그러나 독백적 표현에서 현상적 화자와 화자의 또 다른 자아가 대화함으로써 극적 긴장감은 살아나고, 화자의 현실적 인식과 이상향과의 관계는 타당성을 확보할 수 있는 것으로 보인다.

셋째로, 화자가 드러나지 않고 청자만이 드러남으로써 극적 긴장감이 약화되고 있는데, 이는 화자와 청자의 끊임없는 대화를 통한 이상향의 추구라는 석정의 초기시의 경향에서 다소 벗어나는 유형이다. 따라서 함축적 화자가 나타나는 석정시는 대화적 구조의 양상에서 볼 때, 언어의 감수성, 음악적 형상화의 원리가 뒷받침되지 않는 한 그 시적 가치가 감소될 수도 있다.

3. 어조(tone)와 화법

어조와 화법은 시의 주제 및 시적 화자가 진술하는 시의 내용과 밀접하게 연관되어 있다. 그것은 시인이 감정의 조정 및 의식내용과 대상과의 의미관련을 조직하는 기법이며 미학적 거리를 형성하는 수단이다. 리차즈는 어조를 화자와 청자에 대한 태도의 반영으로 정의하고 있는데, [22]여기에서 태도란

시의 화자가 시의주제에 대해서 가지는 견해이기 때문에 시를 분석함에 있어서 어조와 화법을 분석하는 일은 시의 주제를 알아보는데 필수적인 요소라고 할 수 있다.

신석정 시의 화자는 대체로 질문과 요구의 태도를 지니고 있다. 이를 위해 초기시에서는 주로 의문형 어미와 경어체의 문장을 사용하고 있는 반면, 후기시에서는 명령형 어미와 평어체의문장을 사용한다. 이들 각각의 문장형태가 지니는 효과와 의미를 살펴보기로 한다.

먼저 질문의 형식이란 알지 못하는 사실이나 사물 혹은 상황에 대해 의문을 제기할 때, 또는 알고 있는 사실에 대해 강조하기 위한 방편으로 사용된다. 신석정의 시에서 나타나는 화자는 이들 두 가지의 성격을 적절히 종합하여 사용하고 있다.

모르는 사실에 대한 질문으로 사용하는 경우로는, 알지 못하는 세계, 비가시적인 세계, 초월적 세계에 대한 의문으로 나타나고 있다. 바꾸어 말하면 초월적 세계는 누구도 모르는 세계이며 그렇기 때문에 대단한 세계임을 암시한다. 이렇듯 낯설고 모호한 세계를 제시하는 것은 시인의 간절한 소망에서 비롯한 것이다. 초월적 세계를 찾아야 한다는 당위성이며, 존재에 대한 끝없는 추구이다. 그러므로 초월적 세계는 그 모습이나 위치가 모호할수록 의문의 대상이 되며 동시에 모호할수록 존재의 확신을 보이게 된다는 반어적 논리가 성립된다.

어머니
당신은 그 먼 나라를 알으십니까?

---

22) I.A.Richard, 「*Practical Criticism*」, (Routledge, 1970), 179 - 188쪽

깊은 산림대를 끼고 돌면
고요한 호수에 힌물새 날고
좁은 들길에 야장미 열매 붉어

- <그 먼 나라를 알으십니까> 1·2연

<그 먼 나라를 알으십니까> 라고 말한 이 점만 보더라도 초월세계의 위치를 모호한 것으로 묘사하기 위해 의문형어미를 사용하고 있음을 알 수 있다. 더구나 '그 먼 나라'로 표상되고 있는 초월세계는 인가나 부재의 모습으로 묘사되면서 점차 알 수 없는 절대적인 힘을 부여받게 한다. '깊은 산림대', '고요한 호수', '좁은 들길', '붉은 야장미', '노루새끼' 등의 제시로 그 곳 초월세계란 아무도 가 본 적이 없는 미지의 세계임을 말한다. 이는 의문형 어미의 쓰임새를 부각시키면서 화자의 위치, 즉 현실과 화자의 의문인 초월 세계와의 근거리로 보여주려는 의도인 것이다.

이와 반면, 인용된 부분에서도 알 수 있듯이 화자의 의문은 의지적이다. 즉 초월세계의 존재를 확신하고 있는 것이다. 따라서, 청자인 어머니에게 물으면서도 화자는 그것 초월 세계의 모습을 그릴 수 있는 것이다. 존재에 대해 단정적 의지를 이렇게 보이는 것은 그만큼 인식이 절실하기 때문이다.

또 하나, 의문형 어미가 갖고 있는 의미 기능을 이해하기 위하여, 화자의 질문내용을 보면 인용된 시에서 뿐만 아니라 석정의 초기시에서는 대체로 의문형의 문장이 많이 쓰이고 있다. 그런데 이러한 의문형 문장은 자문자답의 관계를 보여주고 있다. 이것은 화자와 청자가 합일을 지향하는 의미기능 구조를 가지고 있기 때문이다.

결국 의문형 어미의 사용이 지니고 있는 기능은, 초월세계의 존재확인 그리고 초월세계가 지니고 있는 능력과 아름다움을 확이하려는 상상력의 소산이다. 또한 초월세계를 현실의 문제를 포함하여 모든 문제가 해결되는 곳, 즉 이상향으로 정하기 위한 성역화 작업이라고 하겠다.

다음으로 경어체 문장이 지니는 특성과 의미를 확인해 볼 수 있다. 인용된 시에서 보아 알 수 있듯이 초기시의 대부분이 만해의 시와 마찬가지로 여성적 어조의 경어체로 되어 있다. 그런데 의문형 어미의 문체를 통해서 알 수 있듯이, 화자와 청자의 관계는 이상향인 초월세계로 들어가기 위한 화자 자신의 다짐이라고 하겠다.

이상의 두 유형적 특징인 의문형 어미와 경어체 문장은 석정의 초기시의 세계가 이상향으로 접근하고 있을 뿐, 이상향에는 이르지 못하고 있으며, 또한 이의 극복을 위해 절실한 상황을 보이는 것이다.

신석정의 초기시의 화법과 어조를 살피기 위하여 그의 후기시에 나타나는 문장의 전달관계를 살펴보기로 한다. 후기시에 들어오면서 석정의 시는 거의 전편의 작품에서 경어체를 거부한다.

> 나도 가고,
> 너도 가고
> 나 같은 여러 사람도,
> 너 같은 여러 사람도,
> 이내 자꾸만 올라가고 올라가야 한다
>
> — <동반>에서

초기의 시들은 이상향을 추구하고 있으면서도 화지와 청자가 합일되지 않은 상태에서 극적 긴장을 유발시키며 적당한 미적 거리를 확보하고 있음에 반해, 후기시에 들어서면 초기와 마찬가지로 현실과 이상향의 구분이라는 구조의 맥락을 유지하고는 있지만 초기와는 달리 분열되었던 두 자아가 합일된 상태에서 바라보게 된다. 화자와 청자와의 관계를 합일의 경지로 이끌게 되면서부터 더 이상 화자는 현실이 하나로 합일되지 못했다는 의식으로 해서 명령형의 문장이 주조를 이루고 있다. 이러한 시각은 현실을 바라보는 입장이 바뀐 것이 아니라 현실의 내용이 바뀌었음을 말하는 것이다. 보다 구체적인 지적과 현실의 문제점을 직설적으로 노출하게 되는 것도 같은 이유에서이다. 할수 없었던 한계의식에서 벗어나 실천적 가능성을 지니게 되는 것이다. 이는 해방 이후라는 역사적 사황과도 깊은 연관이 있음을 짐자게 하는 것이다.

> 내가슴 속에는
> 대숲에 드는 햇볕이 아른 거린다.
> 햇볕의 푸른 분수가 찰찰 빛나고 있다.
>
> 내 가슴 속에는
> 오동잎에 바스라지는 바람이 있다.
> 바람이 멀리 떠나는 발자취 소리가 있다.
>
> 파초는 나와 이웃하고 산다.
> 나오 파초와 이웃하고 산다.
>
> — <내 가슴 속에는>에서

1장의 두 연만 보더라도 '나'라는 화자 속에는 이미 '햇볕'과 '분수'라는 이상향의 모습이 담겨져 있다. 합일된 두 자아가 일차적으로 동일시되고 있다. 그러나 초기의 시에서 보이듯이 이상향에 대한 경의심은 색다르게 변모되어 나타난다. 여기에는 합일되지 못한 절망적 현실의 과제를 지니고 있는 때문이라고 해설할 수 있다.

불현 듯 마주친
아니와 나의 눈마춤 속에
어쩜 그토록 긴 세월이 흘러갈 수 있을 것인가─────
나는 몰랐다.

치열 한 모서리가 무너진 아내는
이내 원뢰처럼 조용히 웃고 있었다.
조용한 우리들의 눈맞춤 속에
우
루
루
루
원뢰가 아스라이 또 들려오고 있었다.

- <눈맞춤>에서

마지막 시집 ≪대바람 소리≫에 수록된 <눈맞춤>의 끝부분이다. 완곡한
질문과 경어체의문장은 후기시에서 단정적 표현의 양상을 띠게 되는데, 이는
인고의 세월 속에서 함께 살아온 부부가 조용히 웃고 있지만, 그 조용함을
깨고 또 들려오는 '원뢰'처럼 결코 화해스러울 수 없는 현실세계에 대한 태도
에서 나오는 화자의 어조인 것이다.

이상향을 갈망하는데서 나오는 어조는 다정다감하고 안정감을 주조로 하
는 것이었지만 후기로 들어오면서 단정적이며 다소 안정되지 않은 문장이
구상 되는 것은 화자와 청자가 시텍스트 내에서 이루는 대화적 구조를 상실
함으로써 나타나게 되는 시적 태도라고 할 수 있다. 또한 문장에서의 마침표
사용도 현실세계에서의 합일 되지 못한 단절감을 드러내는 의식의 소산으로
파악할 수 있다.

VI 석정시의 상징 체계 ──────────

1. 상징 체계의 구조

1) 명암의 대비

신석정 시에 전반적으로 나타나고 있는 색조는 밝음과 어둠으로 상징되는
데, 그 상징의 대상은 주로 자연물이다.[1] 그런데 이 자연물은 분열된 자아
혹은 인간이나 사회가 지닌 갈등을 절대적이며 본질적인 세계로 합일케 하기
위한 중간매체로서의 자연이다. 이는 이항대립과 매개항의 관계이며,[2] 이
때의 자연은 매개항으로서의 역할을 담당하며 분열된 두 자아의 합일에 기여
한다.

> 밤과 함께 나의 침실로 지키는
> 작은 촛불이 있다.

---

1) 문두근, '신석정 시에 나타난 자연의 의미', (건국대 대학원, 1981), 31쪽, 이 논문에서는
   신석정의 5권의 시집에 수록된 시들의 시어 중 자연물을 지칭하고 있는 것은 1572개의어
   휘라고 한다. 비록 소재적 의미만을 드러내는 통계이지만 석정의 시적 경향을 집작케 한다.
2) 이어령, '문학 공간의 기호론적 연구', (단국대 대학원, 1986, 12), 16쪽

그러나 그 촛불은
밤을 멀리 보낼수 없는 약한자이거니
········(중략)········
작은 욕망에 타는 작은 촛불이여!
이윽고 새벽은 네 뒤를 이어 오겠지

- <나는 어둠을 껴안는다> 전문

강물아래로 강물아래로
못견디게 어두은 이 강물 아래로
빛나는 태양이

다다를 무렵

이 강물 어느 지류(支流)에 조각처럼 서서
나는 다시 푸른 하늘을 우러러 보리…

- <어느 지류에 서서> 전문

　이들 두 편의 시는 각각 ≪촛불≫과 ≪슬픈 목가≫에 수록된 초기시에
해당한다. 먼저 <나는 어둠을 껴안는다>에서 보면, 우선 '밤'과 '촛불'이
문장 상의 대립을 이룬다. 그렇지만 실질적인 대립은 '밤'과 '새벽'이다. '촛
불'은 절대적인 세계로서의 역할을 담당하지 못한다. 즉 이 시에서의 '촛불'
은 인위적인 밝음을 나타내고 있지만, 동시에 인위적으로는 밝혀질 수 없음
도 보여주고 있는 셈이다. 인위적인 밝음의 가능성을 배제하는 것이다. 절대
적이고 본질적인 세계란 인간의 노력이나 의지로서 성취되는 세계가 결코
아님을 말하고 있는 것이다. 다만 인간은 참고 기다리며 준비할 뿐이다. 그리
고 '새벽'으로 암시된 형이상의 세계는 항상 새로운 날은 되돌아 온다는 것을

필연적으로 인식하고 있기 때문에 약한 자 이면서도 인내할 수 있다.

<어느 지류에 서서>도 역시 '하늘'로 암시되는 상승 이미지와 '못견디게 어두운 이 강물 아래로' 암시되는 하강 이미지의 대립관계를 드러내고 있다. 이들은 필연적으로 절대적 세계가 돌아올 것임을 확신한다. 결국 이들 두 시에서 나타나는 명암의 상징은 자연적인 당위성에 바탕을 두고 합일을 기대하는 은자적 자세에 그 바탕을 두고 있으며, 후기시에서도 이러한 양상은 마찬가지이다.

> 이렇게 비좁은 지군데도
> 저 너그러운 태양이 포기한 지역이 있어
> 그 어둔 풍토에서 마련되는 풍속을
> 도시 역사는 기록하지 않는 여백이 있는 것이다.
>
> 　　　　　　　　　　　　　　　- <여백>에서

> 하도 햇볕이 다냥해서
> 뱀이 부스스 눈을 떠 보았다.
>
> - 그러나 아직 겨울이었다.
> …(중략)…
> - 그러나 <입춘>은 카렌다 속에 숨어 하품을 하고 있었다.
>
> 　　　　　　　　　　　　- <하도 햇볕이 다냥해서>에서

> 낡은 歷史의 지친 誤認은
> 썰물을 따라
> 沙州를 물러가고,

아침 노을에 젖은 鍾소리
퍼지는 地域을
숨가쁘게 새벽은 달려온다.
언젠가는 떠나야 할
이 어두운 地區에서

<밤>과
<새벽>과
<대낮>과 區劃할 우리 자랑스러운
慧智로 기운
<오리온>에 輓歌를 불러주오

- <東方半明> 전문

초기시에서 명암의 상징체계로 암시되던 '태양(하늘)'과 '어둠(강물)'의 대립은 후기시에 들어가면서 그 대립항이 구체적인 것으로 변화된다. 다만 '태양'은 여전히 절대적이고 본질적인 세계로서 엄연한 존재를 유지하고 있지만, '어둠'으로 표상되던 대립항은 '역사'와 '현실'로서 드러난다.

<여백>에서의 형이상적 세계는 '태양'으로, <하도 햇볕이 다냥해서>에서는 '햇볕'으로 <동방반명>에서는 '새벽'으로 각각 변함없이 초기시의 절대성을 그대로 간직하고 있다. 하지만 이와 상대적이 대립항으로는 역사가 기록하지 않은 여백, 카렌다, 낡은 역사 등이 표현되고 있는데, 이들을 보면 그 성격이 비교적 사회와 역사에 대한 의식이 정제되지 않은 채 노출된 상태에 머물고 있다.

초기에서는 내용상의 주된 흐름이 이상향의 묘사에 있었던 것과는 달리 후기시에서는 현실의 부정적인 관찰이 주된 내용으로 되어 있다.

<여백>에서 '태양이 포기한 지역'이란 태양이 포기하지 않은 많은 지역이 있고 또 대부분의 지역은 태양이 포기하지 않았으며 태양과의 관계를 맺고 있다는 전제가 우선된다. 그리고 이처럼 포기된 지역은 역사마저 저버린 채 시간적으로 공간적으로도 아무런 위치를 점유하지 못한 진공상태에 빠지고 마는 것이다. 그러나 이런 진공의 어두움은 지하의 상태로부터 충분히 벗어날 수 있으며, 다만 그 시기를 아직 찾지 못하고 있을 뿐이다. <하도 햇빛이 다냥하서>에서 보면, 지하라는 어둡고 추운 공간은 아직 겨울이다. 하지만 '카렌다'에는 이미 확정된 봄이 기다리고 있다. 그것도 하품을 하며 곧 일어설 채비를 하고 있다. 마침내 <동방반명>에서는 다시 새벽이 되어 달려 오고 있다. 밤으로부터의 구원이며 밝음을 향한 확신이기도 하다. 어둠과 밝음의 대비를 지하와 지상, 밤과 새벽으로 비유하면서, 어둠과 지하와 밤 등을 거부하고 일탈함으로써 시대 인식의 암시적 표출을 시화하고 있다.

이렇게 볼 때 초기의 시와 마찬가지로 석정의 후기시도 어둠으로부터 밝음으로의 방향성의 당연한 결과라는 데에는 변함이 없다. 다만 초기시가 밝음의 공간을 묘사하는데 충실했던 종교적 태도라면, 이에 비해 후기의 시는 부정적 현실을 질책하는 교훈적 태도를 어느 정도 보여주고 있다.

2) 모성지향과 동심지향

앞서 석정시의 체계는 어둠으로부터 밝음으로의 대비로서 그 윤곽을 형성한다고 하였다. 이 때의 밝음의 이미지는 형이상적인 세계를 나타내며, 특히 신석정의 경우 이러한 형이상 세계는 절대적이고 본질적인 이상향이다. 이상향에 이르게 되면 완성의 단계에 머무는 것이다.

어머니

먼 하늘 붉은 놀에 비낀 숲길에도
돌아가는 사람들의
꿈같은 그림자 어지럽고
흰모래 언덕에 속삭이든 물결도
소몰이 피리에 귀 기우려 고요한데
저녁바람은 그 무슨 이야기를 하는지
언덕의 풀잎이 고개를 끄덕입니다.
내가 어머니 무릎에 잠이 들 때
저 바람이 숲을 찾어가서
작은 산새의 한없이 깊은
그 꿈을 깨우면 어떻게 할까요?

이 시 <그 꿈을 깨우면 어떻게 할까요>는 초기시의 하나로 많은 선행
연구에서도 신석정의 시적 경향을 드러내는 대표적인 작품으로 평가되는 시
이다.

이 시에서 화자는 상대적으로 약화된 위치를 설정하려고 애쓴다는 점에서
는 퇴행적인 성향을 찾아볼 수 있다. 하지만 이런 퇴행적 성향은 방법론적
의지의 하나이다. 퇴행한다는 사실 자체에 머무는 것은 아니다. 동심지향의
심리는 세계를 축소시킴으로써 세계와의 대결에서 패배하지 않으려는 의도
적 심리기간으로 파악할 수 있는데, 이를 좀 더 긍정적인 입장에서 해석한다
면 일종의 자궁회귀본능과 연결시킬 수 있을 것이다. 다시 말해 석정 시에서
의 동심지향적 모티프는 자아의 세계인식을 축소시킴으로써 상대적으로 축
소된 세계 내에서 자신의 영역을 확보하려는 의지를 보이는 것이다. 이러한
시인의 심리구조 혹은 무의식은 시에 있어서 꿈이라는 구체적인 현상을 시의
소재로 채택함으로써 동심지향적 경향을 확인할 수 있다. 인용된 시에서 볼
수 있듯이, 어머니의 '무릎'은 어린이가 안식할 수 있는 아늑한 휴식처로

제공되고 있다. 고요한 '숲'속에서 아무 근심없이 자고 있을 작은 산새들을 바람이 깨우지 말기를 염원함으로서 화자의 입장을 투사시키고 있다. 그래서 어머니 무릎에 잠이 들어 언제까지고 꿈만 꾸고 싶은 것이 동심의 본질 중에 하나라 할 때 석정시의 동심지향적 성향은 주제와 관련, 적절한 시점을 선택하고 있다고 볼 수 있다. 그러므로 세계인식을 축소시키고 그럼으로써 자신만의 독자적 영역을 확보하려는 의지는 석정시의 시적 본질로 파악할 수 있는 요소이다.

　소망의식이 간절한 행동양식이 이러한 동심지향의 시적 구조를 이루어 내고 있는데, 이러한 경향은 다음의 시에서도 확인할 수 있다.

> 푸른 웃음 엷게 흐르는 나지익한 하늘을
> 학타고 멀리 멀리 갔었노라
>
> 숲길을 휘돌아 언덕에 왔을 때 그것은 지낸날
> 그것은 지낸날 꿈이었다고
> 하늘을 떠도는 구름을 보며
> 너는 그렇게 이야기 하드구나!
>
> 깨워지지 않을 꿈이라면
> 그 꿈에서 길이 살고 싶어라
>
> 굽어든 언덕길을 돌아서 돌아서
> 오든길 바라다보는 아득한 네 눈에는
> 그 꿈을 역역히 보는 듯이
> 너는 머언하늘을 바래보드구나!

인용된 시는 <아 그 꿈에서 살고싶어라>의 일부이다. '깨워지지 않을 꿈이라면 그 꿈에서 길이 살고 싶을" 화자의 염원이 간절히 소망되고 있다. 정신적 자극에 대한 반응으로서의 꿈은 그 자극을 해소하게 하는 것이며, 그 결과 자극은 제거되며 잠은 계속될 수 있기 때문이다. 꿈은 수면을 방해하는 것이 아니라 수면을 보호하는 것이라는 설명3)은 다시 원망이 꿈을 야기시키고, 이 원망 충족이 꿈의 내용이라는 점이 꿈의 중요한 특질 중의 하나라는 설명을 제공해 준다.

그러므로 석정시의 화자가 어머니를 부르는 것이 상대적으로 스스로를 어머니의 자식으로 만들려는 의지이다.

햇볕이 유달리 맑은 하늘의 푸른길을 밟고
아스라한 산넘어 그나라에 나를 담숙안꼬 가시겠습니까?
어머니가 만일 구름이 된다면…

바람찬 밤 하늘의 고요한 은하수를 저어서 저어서
별나라를 속속 드리 구경시켜 주실수가 있습니까?
어머니가 만일 초승달이 된다면……………

내가 만일 산새가 되어 보금 자리에 잠이 든다면
어머니는 별이 되어 달도없는 고요한 밤에
그 푸른 눈동자로 나의 꿈을 엿보시겠습니까?

---

3) 지그문트 프로이드(김성태 역) 「정신분석학 입문」, (삼성출판사, 1982), 143쪽,
   이 글에서 어린이의 꿈을 예로 들어 설명하고 있는데, "3년 3개월 밖에 안된 한 여아가 처음으로 호수를 넘어 여행을 하였다. 이 아이는 배에서 내릴 때 배에서 나오기가 싫어 심하게 울었다. 배를 타고 물을 건너는 시간이 너무 짧았기 때문이다. 다음날 아침, 이 아이는 '어쨋밤 나는 호수에서 뱃놀이를 하였어'라고 했다."라는 예를 들어 보이고 있다. 이는 이 아이가 현실에서 이루지 못한 것을 꿈에서나마 이루려는 보상적인 심리의 소산이다.

<나의 꿈을 엿보시겠습니까>에서도 화자는 '어머니'에게 자신의 꿈을 엿보도록 은근히 요구하는 질문의 형태를 띠고서 미처 이루지 못한 꿈에 대해서 소망하는 의지적 욕구를 표현하고 있다. 화자의 태도는 '어머니'앞에서 마냥 어린 유아의 상태로 남아 있게 되기를 바라며, 그래서 이 시 속의 세계는 동화의 나라와도 같은 분위기를 자아내고 있다. 화자의 소망적 사고는 '어머니' 앞에서 스스럼없이 대화를 나눌 수 있을 정도로 노출돼 있으며, 이러한 시적 장치는 다분히 상징적인 효과를 획득하며 석정시의 한 질을 이루고 있다. 이상향에 대한 소망과 기대로부터 이루어진 시적 장치의 하나이다. 따라서 초기시에서 두드러진 장치적 요소는 앞서 형식적 특질에서 살펴본 바와 마찬가지로 경어체와 끊임없는 질문의 반복형식이다.

화자 스스로는 잘 알지 못하는 사람, 아직은 미숙한 어린이로 남아 있고자 하는 동심지향을 보이는 것이다. 특히 유아적 어조의 두드러진 사용은 현실 세계에서 얻지 못한 것을 꿈의 세계에서 얻으려는 보상심리라고도 할 수 있다. 상대적으로 동심지향의 화자는 이상향의 세계를 모성의 세계로 인도하게 된다. 완성된 그리고 동심의 세계를 보완하고 꿈의 가능성을 실현시켜 줄 수 있는 존재로서의 확립을 의도하는 것이다.

이러한 맥락에서 살펴볼 때 초기시의 특징적 요소들은 후기시에서도 양상은 달리하지만, 이러한 이상향에의 기대는 드러난다. 하지만 동심지향의 장치적 선택은 후기시에서 찾아볼 수 없다. 기대와 소망에서 비롯한 것임에도 불구하고 후기시의 어조는 판단과 부정에 대한 직시, 그리고 모순의 제거라는 능동적이고 실천적이며 책임있는 어조를 띤다.

어머니의 젖을 매만지는 마음으로
어린놈의 볼을 문지르는 마음으로

끝내 미워하기 전에
먼저 사랑하라 이르자.

대숲에는 가는 바람이
조용히 머물다 가게 하라.
멧새도 깃들여 노래하다 가게 하라.

- <꽃보라 속에 서서>

이들 시는 후기시에서의 화자의 성격과 어조를 잘 보여준다. 초기시에서
나타나는 동심지향은 찾아 볼 수 없다. 따라서 상대방인 청자도 더 이상 '어
머니'와 같은 존경과 안식과 위안의 대상이 아니다. 오히려 가르침을 받아야
하는 대상이다. 이와는 대조적으로 화자는 교도적이며 스스로 판단과 인도의
역할을 담당하려 한다. 남성적이며 다분히 부성적인 어조가 드러난다. 초기
시에서 보이던 동심지향의 절실한 의지나 장치적 출발은 보이지 않는다.

3) 상승과 하강의 원형

신석정 시의 인식론적 체계는 현실과 이상향의 이분법적 대립구조이다.
물론 이들간의 방향성은 현실로부터의 이상향에로의 지향이다. 이러한 역학
적 관계의 성립을 위해 석정은 이들 두 대립항 간의 연결을 꾀한다. 따라서
이 때의 상승이란 현실로부터 이상향으로의 올라감이며, 하강이란 이상향으
로부터 현실로의 끌어당김이다.[4]

---

4) 현대 인간의 사고와 반응의 방식이 무척 다양해 졌음에도 육체적·심리적 구성은 여전히
   자연적 유사성을 지니고 있다. 육체적으로 모든 사람은 중력의 법칙에 종속되어 있으며,
   그 때문에 상향적용이 하향작용 보다 늘 더 어렵기 마련이다. 그래서 상향 운동은 상위의

이러한 두 대립항 간의 연결은 대개 자연물로서 대신되는데, 상승의 자연 물로는 산, 새, 나무 등이 나타나고, 하강의 자연물로는 비, 바람 그리고 지는 해(노을) 등이 있다.

> 푸른 산이 흰 구름을 지니고 살 듯
> 내 머리우에는 항상 푸른 하늘이 있다
>
> 하늘을 향하고 산림처럼 두팔을 들어낼수 있는 것이 얼마나 숭고한 일 이냐
>
> 두다리는 비록 연약하지만 젊은 산맥으로 삼고
> 부절히 움직인다는 둥근 지구를 밟았거니……
> 푸른 산처럼 든든하게 지구를 드디고 사는 것은 얼마나 기쁜 일이냐
>
> 뼈에 저리도록 생활은 슬퍼도 좋다
> 저문 들길에 서서 푸른 별을 바라보자…
>
> 푸른별을 바라보는 것은 하늘아래 사는 거룩한 나의 일과이거니……
>
> ― <들ㅅ 길에 서서>

이 시에서 상승의 이미지를 가져다 주는 것은 '푸른 산', '푸른 하늘', '푸

개념으로 연상되며 드높임이나 상승의 의미를 지니는 여러 이미지들이 탁월함과 왕권지배 들의 개념을 흔히 연상시킨다. 반대로 하향성은 공허함과 혼미의 뜻을 연상시키게 마련이 다. 두 가지 문맥을 지닐 수 있는 <아래 down>은 한 문맥에서 다른 문맥과의 반대의 뜻을 압축하거나 종교적 의미에서 급격한 추락의 뜻이 들어있다. 또 하나의 하강의 의미는 모든 생물의 궁극적인 모체요, 보호자인 넓은 대지로 향하는 것이다. ― 윌라이트(김태옥 역), 「은유와 실제」, (문학과 지성사, 1982), 114‒115쪽

른 별' 등으로, 이는 석정시의 주제인 이상향의 이미지를 담고 있는 시어들이다. 그런데 이 이미지들은 실존적 인간이 끊임없이 위를 쳐다보거나 하늘을 향해 두 팔을 들어 올리는 것이 숭고한 일임을 강조하고 있다. 현실적 생활은 슬퍼도 인내할 수 있다. 시적 화자는 '푸른 별을 바라보는 것이' 거룩한 일임을 의지적으로 표명한다. 이러한 상승의 이미지에 대한 강조는 역설적으로 하강의 이미지를 사용함으로써 더욱 강조될 수 있는데 ≪슬픈 목가≫에 수록된 <어느 지류에 서서>는 이러한 이미지의 이항대립적 구조가 긴장감 있게 형상화 되어 있다.

강물 아래로 강물 아래로
한줄기 어두운 이 강물 아래로
검은 밤이 흐른다
은하수가 흐른다

낡은 밤에 숨막히는 나도 흐르고
은하수에 빠진 푸른 별이 흐른다

강물 아래로 강물 아래로
못견디게 어두운 이 강물 아래로
빛나는 태양이
다다를 무렵 -

이 강물 어느 지류(支流)에 조각처럼 서서
나는 다시 푸른 하늘을 우러러 보리…

- <어느 지류에 서서>

'강물'과 '은하수', '검은 밤' 모두가 흐른다. 흐른다는 것은 아래로 흐르는 것이다. 화자인 '나'도 흐르고 '푸른 별'조차도 흐를 수밖에 없다. 삼라만상이 모두 아래로 흐를 수 밖에 없는 상황은 시 속에서 상승을 전제로 한 '못견딤'이다. 견디기 어려운 어두운 강물 아래로 움츠리고 있는 화자는 '빛나는 태양이 다다를 무렵' 다시 푸른 하늘을 우러러 보겠다고 다짐한다. 신석정의 초기 시는 이처럼 상승에 대한 욕망이 하강의 질서에 결코 편입되지 않으려는 의지가 강하게 나타나고 있다. 즉 석정시의 이상향에의 주제구현 태도는 강한 의지를 내포하고 있으며, 그것을 시인은 의도적으로 시적 장치를 통해 구현하려 한다. 이런 자세는 그의 후기시에도 지속적으로 탐구되고 있다.

　　　물소리 베고 누우면
　　　동박새 어린 봄을 몰고,

　　　갓 핀 영춘화
　　　두어 송이
　　　가는 바람에 떠는

　　　사끌한 3월이
　　　차라리 안쓰럽다

　　　산장 열린 창으로
　　　낯선 꿀벌이 다녀간 뒤,

　　　보슬보슬
　　　고향엔 비가 온다고
　　　막내딸 <에레나>의

편지가 왔다.

새소리
물소리
산장을 오가는 세월에 묻혀,

바깥일
다 잊어버린 채
신문도 보기 싫다.

허지만
멍든 이승을 물끄러미
바라만 보고 있다니……

그저 바라만 보고 있다니……

- <산장에서>

제4시집 《산의 서곡》에 수록된 이 작품에서 보면 '산장'은 이미 이상향
을 대신하고 있다. '산장'이 이상향이 될 수 있는 것은 새소리와 물소리가
함께 어우러지기 때문이다. 물은 아래로 흐르는 것으로 하강의 원형적 이미
지를 제공하기 때문이다. 새소리와 물소리가 공존할 수 있는 곳은 마침내
동경하던 이상향에서 가능한 것이다. 1연에서 '물소리'와 '동박새'의 소리는
이러한 대조와 화합의 장면이다. 더구나 동박새의 소리가 어리다는 것은 모
성지향과 동심지향의 대조적 관계에서도 알 수 있듯이 이상향을 향한 동경의
자세이다. 마찬가지로 5연에서 고향에 비가 온다고 하는 것은 현실이라는
상황에다 하강의 이미지를 제공하는 것이다. 역시 동심지향의 상징적 인물로

막내딸이 등장하게 되고, 이상향에 대한 동경과 지향은 편지로 전해져 오는 것이다.

이러한 상승과 하강의 대비적 상징은 초기와 후기를 통하여 골고루 나타나는 경향이며, 이는 신석정 시의 구조가 지닌 체계와도 깊은 관련이 있다.

> 네가 떠나는 길에 눈이 나려
> 흰눈이 나려……
> 나려서 쌓여……
>
> 희고 찬 달이 숨고
> 무수한 별마저 숨어
> 눈만 나리는 밤
> 눈만 쌓이는 밤
> ‥
> …(중략)…
>
> 「백」이 떠나는 길에 「백」의 꿈이 떠나는 길에
> 눈은 나려 나려서 쌓이는데…
> 눈만 나려 소리없이 쌓이는데…
>
> ＿＜떠나는 길에 눈이 나려＞

이 시 ＜떠나는 길에 눈이 나려＞에서는 이미 제목에서도 알 수 있듯이 눈이 나린다는 것과 백이라는 한 아이가 멀리 떠났다는 두 가지 사실이 깊은 연관으로 이어져 있는 것처럼 설명되고 있다. 여기서 '백'이라는 아이의 떠남은 현실로부터 멀어진다는 의미이다. 그리고 이 때 눈이 내린다는 것은 하강의 이미지를 제공해 준다. 즉 아이 '백'으로 하여금 현실로부터의 극복을 끌어당겨 주는 것이다. 이러한 신석정의 원형적 일치는 주로 자연물의 암시적 효과를 통해 다양하게 구현되지만 이는 모두 이상향을 동경하는 초기시의 모습과 현실을 부정하고 극복하려는 후기시의 모습에서 벗어남이 없다.

2. 상징 체계의 변모

석정의 작품 생산기는 1924년 4월 19일 「朝鮮日報」에 <기우는 해>부터 1974년 <내 병실은>을 「문학사상」9월호에 발표할 때까지이다. 그러나 그 시적 의미와 비유에 있어서 부단한 변화를 보이고 있다. 그러나 막연한 변화로서가 아니라 새로운 세계관과 가치관의 점철이 다양하게 드러나고 있음은 근대시가 지녀야 할 방향의 제시가 될 수 있다.

1) 상실의 극복

떠납니다!
떠납니다! 이 땅을 뒤로두고
떠나갑니다!
살고도 죽은 이를 벗삼고서는
아무리 하여도 못살겠으니――

떠납니다!
떠납니다! 이 땅을 뒤로두고
떠나갑니다!
오 - 너도 눈이있거든

보아라! 달밤에 날아다니는
반듸불 보다도 그 보다도 더
힘이 없는 이 나라 사람들을
엇지 벗삼고서
살 수 있겠는가를——
거칠한 이 땅에 고흔 꽃피고
새 노래하는 때가 오고
살고도 살은 사람의 무리가
살게 되는 그 때엔
다시 돌아 오겠습니다만은——
아! 떠나갑니다
이 땅을 뒤로 두고
나의 살든 이나라 땅을——

- <이국자 노래> 전문

이 작품은 비교적 석정의 초기 작품으로 1925년「조선일보」에 발표된 것이다. 우선 제목부터 서정시의 감칠맛 보다는 산문적인 시사성이 조국을 등져야 할 비애가 보인다. 떠나기는 떠나되 다시 돌아올 것을 약속하는 점이 주목해야 할 내용으로 보인다. 이 작품 발표 당시 석정은 18세 되는 청년으로 시대적인 상황을 직선적으로 꾸밈없이 묘사한 듯하다. 한일합방 조약이 체결된 후 망명처를 찾아다니던 애국지사들은 기미년 독립운동의 실패를 설욕하기 위해 재기의 힘을 기를 곳을 찾아 다녔으며, 동양척식회사에 농토를 빼앗긴 농부들은 중국이나 간도로 떠나가는 모습이 제 1·2연의 1·2행에서 계속하여 나타난다. 그러나 그 떠나는 이유로, 제1연 제4행에 '살고도 죽은 이를 벗삼고서는 못살겠으'며, 제2연 제5행에 '달밤에 날아 다니는 반딧불보다 힘이 없는 이 나라'에서 살 수 없기에 떠난다는 뜻이 보인다. 이 점은 생물적 감각기능으로는 분명히 살아있지만 살아있는 사람이 일제의 탄압 아래에 인권존중 의식이 상실되었으니 어찌 살아있다고 말할 수 있는가, 화자의 상황의지가 분명하게 드러나고 있다.

다음 제2연에서는 시간적 배경이 달밤으로 설정되어 있다. 그래서 달의 밝음과 반딧불의 밝음을 비교하면서 더 많은 것을 벗삼기 위해 조국을 떠나야겠다고 말한다. 다시 말해서 더 밝은 것은 삶의 기능이 능동적인 것이며, 탄압이 없는사회에 비유된 것으로 보인다. 한편으로 약자의 비애가 담겨져 있다.

그런데 3연에서는 이 시인의 목적 의식이 뚜렷해진다. 그것은 거친 이 땅에 아름다운 꽃이 피고, 새가 노래하며, 우리 민족이 삶의 보람을 느낄 때 귀국하겠다고 말한 점은 이국의 아픔을 반어적으로 표현해내는 것이기도 하다.

　　　새해가 흘러와도 새해가 밀려가도
　　　마음은 밤이란다
　　　언제나 밤이란다

　　　때가 이루는 이 작은 분수령을
　　　넘어도 밤이어니
　　　흘러도 밤이어니

　　　막막한 이 밤이 막막한 이 밤이
　　　천년을 간다해도
　　　만년을 간다해도

　　　밤에서 살으련다 새벽이 올때까지

심장처럼 지니고
검은밤을 지니고

- <밤을 지니고>

비참한 현실에서 어려움을 견디고 재기하려는 인고와 집념이 강하게 돋보인다. 지각이 있는 이들은 일상적인 생활 속에서 일본 강점의 생활을 명확히 볼 수 있었으면서도 못내 참고 있어야만 하는 고통과 함께 이를 악물고라도 참아내야 한다는 강한 의지의 자세를 갖추고 있었다.

다음은 ≪朝光≫誌(1937.10)에 발표된 <슬픈 構圖>로 論題를 풀어 볼 생각이다.

나와
하늘과
하늘아래 푸른산 뿐이로다.

꽃한송이 피어낼 지구도 없고
새한마리 울어줄 지구도 없고
노루새끼 한 마리 뛰어다닐 지구도 없다.

나와
밤과
무수한 별 뿐이다

밀리고 흐르는게 밤 뿐이요
흘러도 흘러도 검은밤 뿐이드뇨

- <슬픈 構圖> 전문

이 작품은 그 당시의 억울한 상황을 잘 보여 주고 있는 듯 하다. 우선 외형적으로 보아도 작품의 짜임이 단숨으로 되어 있어 쉼표(休止)조차도 허용되지 않았다. 매우 긴박한 짜임새를 보이고 있는 듯하다. 그것은 바로 절박한 상황을 시인이 인식한 것이라고 생각된다. 이 시는 띄어 쓸 곳을 붙여 3·4調의 詩形으로 예스러운 것에 애착을 간직한 것으로 보인다. 형식면에서 모두 4연으로 구성되어 있으나, 내용면에서 볼 때 모두 2연으로 보인다. 제 1·2연에서 話者인 '나'와 '나'를 둘러싼 푸른 산과 하늘이 意味와 主軸를 이루고 있다.

그런데 제1연을 보면 나의 주변에는 푸른 산이 있음에도 불구하고 꽃을 길러낼 땅, 새가 깃들일 장소, 노루새끼가 뛸 공간이 없다는 것이다. 이 광활하고 넓은 우주가 지금 남의 땅이라 오직 '나'라고 하는 것 이외에는 아무것도 없는 외로운 현실에서 喪失만 보일 따름이다.

제1연에서 보인 푸른 산이 내 곁에 있으나, 내 마음대로 놀고, 쉬며 관리할 수 없는 不毛의 산으로 마치 광야와 같이 기능이 상실된 공간이다. 산은 無意識的으로 하늘을 향한 虛像과 같다. 이 점은 작품의 화자 자신뿐만 아니라 우리 독자에게도 같이 느낄 수 있는 감정으로 사회와 민족 전체의 상실을 증언하는 것으로 보인다.

그러나 다음 제3·4연에는 더 절망적인 면이 高潮되는 반면에 밝은 면도 보인다. 이 작품이 時空的 背景에 등장한 것으로 나(我), 밤(夜), 그리고 별(星) 등으로 骨組를 이루고 있다. 그런데 이런 言語들은 內包的인 것이어서, 나는 민족으로 밤은 그 당시의 고압적 파시즘으로, 별은 光復에 隱喩된 것으로 보인다. 그러기에 '나'는 어두운 밤에 이리 밀리고, 저리 흘러가는 마치 意識을 잃은 생물들이 질서 없는 혼돈의 밤에 살고 있는 듯하다. 경우에 따라서 인식의 뜻을 간직한 밤도 있을 수 있겠다. 그러나 이 작품의 '밤'은 민족 전체의 상실을 뜻하는 듯하다. 이런 상황에 놓인 '나'는 오직 바라볼 자유가 있다면 그리고 마음을 둘 곳이 있다면, 이 세상이 아닌 저 하늘에 있는 별(星)로 보았다.

그러므로 어두운 밤에 별을 의식한 시인은 긍정적인 방향감각을 갖고 어둠 속에 슬픈 절망을 극복하며, 밝은 별이라는 점이 이 작품의 핵심으로 보인다. 이같은 喪失에 대한 극복의 의지는 다음 작품에서 더 뚜렷하게 보인다.

새해가 흘려와도 새해가 밀려가도
마음은 밤이란다
언제나 밤이란다

때가 이루는 이 작은 분수령을
넘어도 밤이어니
흘러도 밤이어니

막막한 이 밤이 막막한 이 한밤이
천년을 간다해도
만년을 간다해도

밤에서 살으련다 새벽이 올때까지
심장처럼 지니고
검은밤을 지니고

- <밤을 지니고> 전문

이 작품을 보면, 비참한 현실에서 어려움을 견디고 다시 일어나려는 忍苦 와 執念이 강하게 드러난다. 이 작품의 이해를 돕기 위해 夕汀의 述懷를 들어보자.

> 불행한 세대에 태어나서 불행한 속에서 불행한 青春을 고스란히 장사지
> 냈다. 그때 삼천리 강토는 송두리째 감옥이었고, 일제의 몇몇 앞잡이를 제
> 외한 모든 겨레는 그대로 이 감옥에서 신음하는 복역수였던 것을 생각하면
> 새삼 가슴이 떨릴 뿐이다. 〔加點 : 筆者〕

위와 같은 加點 부분을 보면 지각있는 이들은 日帝治下를 감옥으로 보았
다. 이런 의미에서 <밤을 지니고>는 형무소 속에서 조국 해방의 날이 올
때까지 실망치 않고 견디는 끈기가 보인다. 그리고 이같은 상황에 놓인 국가
가 지구상에는 많다. <地圖>는 1936년 <時建設> (第7輯) 에 발표된 것인
데, 제 3연에 "육지가 석류 껍질처럼 울긋 불긋한 것은 오로지 색채를 즐긴다
는 단조한 이유가 아니란다"와 같이 日本 植民治下에 놓인 국가를 제국주의
국가에서 교육상 지도 제작시에 붉은 색으로 塗色한 것을 원망스럽게 읊은
것으로 '조선과 인도가 왜이리 많으냐'고 탄식했다. 이와 같이 일본 제국주의
가 팽창된 현황에서 살고 있는 사람은 마치 「밤」이란 감옥에서 억압당하는
자의 삶의 모습이 보인다. 그러나 감방에 있는 사람이 생활의 부자유스러움
에서 오는 분노, 괴로움을 다할 수 없는 듯하다. 수감자에게 밤과 낮의 교체
원리를 생각할 수 있듯이 밤이 다하면 곧 낮이 오리라는 소망을 의식하면서
도 話者는 밤만이 계속되는 염려가 제 1·2·3연에서 떠나지 않고 있다.
그래서 해(年)가 바뀌어도 밤만이 계속될 뿐이며, 이는 천만년 계속될 것 같
기에 차라리 낮보다 '밤에서 살으련다'고 마지막 연에서 역설적으로 표현한
듯하다. 봄, 여름, 가을 그리고 겨울이 교체됨에 따라 新陳代謝의 원리는
우리에게 주어지는 것이 자연의 질서요, 단조로움을 피하여 생활에 의욕과

拍車를 가함으로 心機一轉하여 의욕적인 삶을 누리도록 하는 것이 우리 인생에게 자연스러운 것이다. 이런 원칙을 외면한 밤만이 우리에게 계속되니 시의 話者는 밤에서 살겠다고 말한 듯하다. 일반적인 생물의 생활 현상은 낮이 없고 밤만 계속된다면 그 생물의 생명유지가 어렵다고 한다. 그렇다면 작품의 話者는 죽음의 상태에 있기 위해서 밤에 살으련다고 말한 뜻이 아님을 알 수 있다. 그러기 때문에 새벽이 올 때에는 반드시 열과 빛이 내포된 낮을 자연스럽게 맞게됨으로 비로소 어둠에서 벗어나게 되는 것이다. 그러나 시인은 무의미하게 새벽을 소망하고 있지 않음에 또한 중요한 의미가 담겨 있다. 그것은 민족혼이 간직된 심장만이 칠흑같은 어두운 밤을 극복할 수 있기 때문이다. 이와 같은 亡國의 恨을 되새기며 挫折치 않고, 光復의 날을 기다리는 시인의 뜻이 보인다.

그런데 앞에서 언급된 작품보다 의지적인 대결의 깊이가 짙게 풍기는 작품을 시집 ≪촛불≫에서 소개하겠다.

젊고 늙은 山脈들을
또
푸른 바다의 거만한 가슴을 버서나
우리들의 太陽이
지금은 어느나라 국경을 넘고 있겠읍니까?

어머니
바로 그 뒤
우리는 우리들의 화려한 꿈과
금시 떠나간 太陽의 빛나는 이야기를
한참 소근대고 있을때
당신의 성스러운 乳房 같이 부드러운 黃昏이

저 숲길을 걸어오지 않았읍니까?

어머니
黃昏마저 어느 星座를 떠나고
밤——
밤이 왔읍니다.
그 검고 무서운 밤이 또 왔읍니다.

太陽이 가고
빛나는 모든 것이 가고
어두움은 아름다운 傳說과 神話까지도 먹칠하였읍니다.
어머니
옛이야기나 하나 들려 주서요
이 밤이 넘우나 길지 않읍니까?

- <이 밤이 너무나 길지 않습니까?>

이 작품은 表音式표기로 '버서나', 방언으로 '넘우나', '주서요', 띄어쓰기
로 '어느나라', '화려한꿈과, 모든것이'등의 틀린 것이 있고, 앞에서 서술한
작품과 같이 '밤' 이란 語彙로 시대적 상황이 含意된 듯하다.

이 시는 밤이 너무 길어서 지루하기 때문에 우리의 傳說과 神話를 돌려달
라고 어머님께 애원하는 것이다. 제 1연에 태양과 지구와의 관계에서 낮이
있음을 말하고 제 2연에 밝은 태양 아래에 화려하고 줄기찬 꿈이 펼쳐진
순간이 황혼에 의하여 밀려서 낮이 짧아진 것을 원망하는 자체는 자연 질서
에 도전하는 태도로 보인다. 자연과학적 입장에서 밤과 낮의 길이는 지구의
기울기와 자전, 그리고 공전의 원리에 의하여 결정된다. 이런 과정에서 이루
어진 밤이 어떻게 낮을 짧게 할 수 있다는 말인가. 여기에 詩史的 意識이

개입된 듯하다. 그래서 제 3연에 시의 話者는 어머님께 무서운 戰慄의 밤이 또 왔다고 말한다. 이에 대한 해명은 제 4연에서 결론적으로 제시된 듯하다. 먼저 제 4연 제 1 · 2행은 앞에서 언급한 제 1 · 2연을 要約한 행이고, 제 3행은 제 3연에 대한 구체적인 사실로 傳說과 神話까지 새까맣게 먹칠한 밤을 의미한 듯하다. 여기서 말하는 전설과 신화는 肇國의 偉業을 말하고, 선조의 위대함을 기리는 것으로 神聖味가 차 있는 것을 지적한 것으로 곧, 檀君神話를 비롯하여, 解模水, 金蛙, 朴赫居世, 首露王 등에 관한 것들로 보인다. 이런 전설과 신화가 밤이란 베일로 가리워지는 것을 憎惡스럽게 보았다. 그래서 話者는 이 밤이 너무 길지 않느냐고 마지막 행에서 어머님께 하소연하면서 나에게 전설과 신화의 내용을 소개해 달라고 간청하고 있는 듯하다. 「옛 이야기를 밤에 듣는다」는 것은 산문적 수법으로 자연스러운 듯하나, 시적 전설의 전개면에서 다른 의미의 결과를 가져온다. 그 경우가 바로 다음과 같은 경우이다. '어머니/옛이야기나 하나 들려 주서요/이밤이 넘우나 길지 않습니까'라고 行間配列로 표현할 때에 이 밤이 너무 길지 않느냐는 抗議의 뜻이 뚜렷하게 보인다. 그래서 문맥적인 면에서 투덜대는 저항성이 보인다. 그러므로 밤이 길기에 낮이 짧다는 내용도 자연법칙에의 도전이 아니고, 그 시대에 대한 저항이 솔직하게 보인다. 이런 종류의 작품으로 <돌ㅅ길에 서서>, <슬픈 傳說을 지니고>, <散步路>, <어느 支流에 서서>, <寒帶植物>, <촐촐한 밤> 등도 있으나, 끝으로 ≪슬픈 牧歌≫集에 登載된 <고운 心臟>에서 민족의 주권 상실을 反語 내지 逆說的으로 표현한 작품을 선택하여 설명하려 한다.

별도
하늘도

밤도
치웁다.

얼어붙은 심장밑으로 흐르던
한줄기 가는 어느 담류가 멈추고

지치도록 고요한 하늘에 별도 얼어붙어
하늘이 무너지고
지구가 정지하고
푸른별이 모조리 떨어질지라도

그래도 서러울리 없다는 너는
오 너는 오직 고운 심장을 지녔거니

밤이 이대로 억만년이야 갈리라구……

- <고운 心臟> 전문

　　이 작품은 무엇을 어떻게 해야 할지 모르는 極限的 狀況에서 오는 상실의
悲痛으로 가득 차 있다. 정상적인 것이 하나도 없다. 당황할 정도로, 다만
'고운 심장'을 제외하고, 제1연 제1행부터 별, 하늘, 밤 등이 추워서 살
수 없는 곳으로 보인다. 그리고 제3연에서도 별이 얼어 붙고, 하늘이 무너지
고, 지구가 정지되는 극한 상황을 노골적으로 폭로하고 있다. 이런 강력한
부정은 상대적으로 강한 긍정과도 통한다. 夕汀은 ≪슬픈 牧歌≫集이 숨막
히는 현실에서 씌어졌고, 「文章」誌에 寄稿한 시가 두 차례나 교정쇄에 붉
은 잉크로 상처 입고 되돌아오더니 끝내 「文章」誌는 폐간을 당하고, 「人文
評論」이 「國民文學」이라는 日本雜誌로 둔갑하고, 청탁서에 일본말로 쓰라

는 협박장까지 받은 점으로 보아 역사적 현실을 쉽게 짐작할 수 있다.

그러나, 이 작품의 話者는 阿鼻叫喚의 생지옥, 하늘이 무너지고, 지구는 자전·공전을 멈추고, 별은 떨어지고, 밤은 추워 모든 생물은 얼음에 쌓인 상태이지만 한낮의 햇살같은 희망이 보인다. 그것은 바로 제 4연으로, '그래도 서러울리 없다는 오 너는 아직 고운 심장을 지녔거니'로가 긍정적인 삶으로 보인다. 혹한에 떠는 생물에게는 오직 따뜻한 熱만이 기다릴 뿐이다. 이같이 酷寒과 같은 겨울에 떠는 우리 민족에게 光復의 熱(봄)을 시인은 念願하는 듯하다. 그래서 제 5연에 밤이 제아무리 길다 하더라도 億萬年이야 넘겠는가라고 말한 점은 저항적 끈기로 보인다. 그러므로 夕汀詩는 시대적 체험이 반영된 작품이다.

2) 자연과 평화 지향성

자연물이 시의 소재가 되는 것은 일정한 시기적 특징이 아니다. 그러나, 시의 미적 가치를 추구하는 움직임이 두드러질 경우, 시의 음악성과 함께 원초적인 미의 대상으로 자연이 주된 소재가 되는 경우는 시사적인 단락을 형성하곤 한다. 한국 근대 시사에 있어 이러한 움직임은 1930년대 시문학파를 중심으로 하는 서정시에서 찾아진다. 특히 김영랑, 정지용, 신석정 등의 자연은 소재적 관심이라는 면에서 비교의 대상이 된다. 신석정에게 있어서 자연은 초기시의 전원으로서 함축하여 살피는 연구 성과가 있으나, 후기시에서 '산'으로 대표되는 자연물의 등장은 역시 간과할 수 없는 의미를 지닌다. 여기에서는 주로 신석정의 자연 표상이 어떻게 변모되어 왔는가에 관심을 갖고, 김영랑, 정지용의 자연과 비교함을 방법으로 한다.

신석정 시의 자연은 두 가지의 역할을 담당한다. 하나는 이상향의 모습을 표현하는 도구로서의 역할이며, 다른 하나는 현실과 이상향과의 매개항으로서의 역할이다. 먼저 이상향의 모습을 묘사하기 위한 도구로서의 자연을 보면, 몽환적 분위기의 형상화로 그 초점이 맞추어지고 있다.

　　　대숲으로 간다
　　　대숲으로 간다
　　　대숲으로 간다
　　　한사ᇹ고 성근 대숲으로 간다

　　　자욱한 밤안개에 버레소리 젖어 <u>흐르고</u>
　　　버레소리에 푸른 달빛이 배여 <u>흐르고</u>

　　　대숲은 좋드라
　　　성그러 좋드라
　　　힌사ᇹ고 서러워 대숲은 좋드라

　　　꽃가루 날리듯 흥근히 드는 달빛에
　　　기척 없이 서서 나도 대같이 살거나

　　　　　　　　　　　　　- <대숲에 서서> 전문

시집 《슬픈 목가》에 수록된 이 시 <대숲에 서서>는 이상향을 '대숲'으로 표상시키고 있다. 그리고 대숲에 모습을 '밤안개가 자욱하고 버레소리가 젖어 <u>흐르고</u> 푸른 달빛이 배여 <u>흐르고</u>' 있어 서러울 만큼 좋은 것이라고 말한다. 그러나 '좋다'라는 감각적 언어에 대해 구체적인 제시가 드러나지 않고 있다. 안개, 벌레소리, 달빛은 모두 형태를 취하지 않는 것으로서 몽환적 분위기를 생산하는 데에 한몫을 담당한다.

그리고 몽환적 분위기를 드러내는 이들 시어는 이상향의 거리를 깨닫게

하는 역할을 담당하기도 한다. 가까이 바라보는 것이 아니다. 멀리 아스라이 보이는 정경이며 원거리의 확보를 보여 준다. 이는 이상향의 절대성과 불가침이라는 존엄성마저 제공한다. 또한 이상향을 묘사하는데 사용된 자연물로서의 시어는 다분히 동적인 성격을 지닌다. 이같은 동작성의 부여는 이상향으로 하여금 역동적인 역할을 담당하게 하기 위해서인데, 이 역할이란 현실에 내제하고 있는 화자를 이상향으로 끌어올리는 역할을 말한다.

현실에서도 마찬가지의 구조를 드러낸다. 대숲으로 가는 과정보다는 대숲 자체의 묘사, 즉 대숲에 이후의 정서에 많은 할애를 한다. 또 여기에 사용되는 문장은 댓구의 효과를 부여한다. 그것은 댓구의 문장이 지니는 안정성의 획득 때문이다. 어조의 안정을 찾으려는 노력이다. 이렇게 얻어진 어조의 안정은 '대숲'이 지닌 안식과 평화라는 성격을 더욱 부각시킨다. 후기시에서도 이러한 안정성과 평화지향은 구조적인 일치를 드러낸다. 동적 자연의 묘사역시 후기시에서도 계속된다. 그러나 후기시에 들어오면서 석정의 시는 산문투의 급격한 확장, 현실 모순의 노출 등 적지 않은 변화를 보이지만 모순된 현실이 결코 감상적 대상이 아니라는 것을 미처 생각지 못했던 것 같다. 후기에 와서도 이상향은 멀찌감치 둔 채 모순된 현실의 부정적 측면만을 관찰할 뿐이다.

　　　이렇게 비좁은 지군데도
　　　저 너그러운 탱양5)이 포기한 지역이 있어
　　　그 어두운 풍토에서 마련되는 풍속을
　　　도시 역사는 기록하지 않는
　　　여백이 있는 것이다.

---

5) "탱양"으로 표기된 부분은 "태양"의 오식으로 보임

제 3시집 ≪빙하≫에 수록된 이 시 <여백>의 인용된 끝 부분을 보기로 하자. 앞서 '숲'으로 표상된 이상향은 여기서는 단지 '태양'으로 대치되었을 뿐 더 이상의 설명이나 묘사가 없다. 이와 상대적으로 부정적 현실인 '어두운 풍토에서 마련되는 풍속'은 비유적이나마 많은 부분을 차지하고 있다. 그리고 이 풍속은 태양(이상향)마저 포기한 것이다. 초기시에서 보이듯이 절망적 현실 속에서 처한 화자를 끌어 당길 만큼의 능력을 지니지 못한다. 이는 이상향의 강조를 통해 현실을 극복하려는 초기시와 비교할 때 의지적인 축소를 보이는 것이다.

신석정 시의 자연이 매개항의 역할을 담당하는 경우는, 우선 현실과 이상향이라는 두 항의 대립을 전제한다. 초기시에서는 화자가 현실에 있으며, 후기시에서는 이상향에 존재하는데, 이렇게 볼 때 매개항인 자연의 역할도 초기와 후기를 통해 변모하고 있음을 알게 된다. 초기시에서는 화자 자신을 절망적 현실로부터 벗어나게 하는 역량을 지니는 데에 반해, 후기시에서는 현실 자체를 긍정적인 세계로 변화시키는 역할을 담당하는 것이다.

> 햇볕이 유달리 맑은 하늘의 푸른길을 밟고
> 아스라한 산넘어 그나라에 나를 담숙안꼬 가시겠습니까?
> 어머니가 만일 구름이 된다면…

첫 시집에 수록된 <나의 꿈을 엿보시겠읍니까>이다. 이 시를 마지막 시집에 수록되어 있는 시 <그 마음에는>과 비교해 보면 더욱 분명하게 알 수 있다.

> 그 사사러운 일로
> 정히 닦아 온 마음에

얼룩진 그림자를 보내지 말라

그 마음에는
한 그루 나무를 심어
꽃을 피게 할 일이요
한 마리 학으로 하여
노래를 부르게 할 일이다

두 시 모두 한 부분씩만을 인용했지만, 초기시와 후기시의 특징을 집약적으로 보여주고 있는 시이다. 초기의 시에서는 '나라'라는 이상향과 '나'라는 화자가 대립항을 이루고 있으며, 이들 사이의 매개항으로는 '구름'이 있다. '구름'은 이미 이상향에 존재하고 있는 '어머니'의 변신이다. 즉 '나를 담숙 안고' 갈 수 있는 역할과 역량을 아울러 가지고 있는 존재이다. 물론 두 대립항 사이에 나무가 존재하긴 하지만 강한 영향력으로서 보다는 소망으로서의 한계를 보여준다.

이처럼 형식적 변화를 현양시킬 정도로 석정의 시는 초기와 후기의 구분이 나름의 특징을 보여 준다. 그러면서도 현실과 이상향, 그리고 이들 사이의 매개항으로서의 자연이라는 의미적 구조는 형식상 일치하는 것이다. 더욱이 이상향을 향한 현실로부터의 방향성은 초기시와 후기시에 다같이 드러나는 당위적 성격이다.

김영랑과 정지용의 시도 이러한 층위적 구조에서는 마찬가지이다.

모란이 피기까지는
나는 아즉 나의봄을 기들이고 잇슬레요
모란이 뚝뚝 떠러져버린날
나는 비로소 봄을 여흰 서름에 잠길레요

영랑의 대표작인 <모란이 피기까지는>의 '모란'이라는 자연물은 모란의 생명성 만을 지닌다. 시인이 부여해 준 새로운 생명성의 흔적은 없다. 비유적 대상, 객관적 상관물로서의 역할 만을 담당한다. 관찰자의 정서를 나타내기 위해 필요한 상관물일 뿐이다. 신석정의 시에서 자연이 화자의 분신이나 매개항으로서의 역할을 담당했던 것과는 다르다. 정지용의 경우는 이와는 또 다르다. 인식이나 주제와는 전연 별개의 상황, 즉 단절된 공간에 있는 자연을 회화적으로 묘사할 뿐이다.

> 가을 볕 째앵하게
> 내려 쪼이는 잔디밭.
>
> 함빡 피어난 따알리아
> 한낮에 함빡 핀 따알리아

결국 김영랑, 정지용, 신석정 등 세 시인의 자연에 대해 보이는 태도는 화자와 자연 간의 거리를 인정한다는 점에서는 일치되나 그 구체적인 관계에서는 서로 차이를 보인다. 특히 서정시를 이들 두 시인의 작품과 대조해 볼때, 석정시는 자연에 대한 의미를 크게 부여하며, 이로써 자연은 이상향의 모습을 드러낸다. 또한 이상향과 현실을 분열된 자아의 배경으로 설정함으로써 이들 간의 합일을 원초적인 것으로 제시한다. 그 결과 석정시는 영랑이나 지용의 단순한 자연 소재의 채택과는 달리 절망적 현실의 시적승화를 통해 서정시가 지닌 한계의 폭을 넓혔으며, 좀 더 구체적으로는 자연의 이상향을 평화의 층위로 이해하고 이러한 층위로 지향하고자 한다.

3) 자유의 추구

자유의 개념에는 사회적 자유(liberty)와 개체의 정신적 자유(freedom)가 있다고 한다. 전자는 구속으로부터 해방이라 하여 객관 내지 사회적 자유라 하는 것이요, 후자는 자발적, 능동적인 자기자각으로 주관 내지 개인적이 자유라고 말한다. 그러므로, 이 두 개의 자유는 보다 높은 차원에서 통일 종합하는 것이 참뜻의 자유라고 한다. 그런데 신석정의 자유지향은 국가 사회의 시사성과 연결된 사회적 자유로 보인다. 이러한 의미는 '밤'이란 시간 배경을 통하여 작품세계에서 표현된 듯하다.

어머니
만일 나에게 날개가 돋혔다면

산새새끼 포르르, 포르르 멀리 날어가듯
찬란히 피는 밤하늘의 별밭을 찾아가서
나는 圍丁이 되오리다 별밭을 지키는…

그리하여 적적한 밤하늘에 流星이 뵈이거든
동산에 피는 별을 고이 따 던지는 나의 작란인줄 아시오

그런데 어머니
어찌하여 나에게는 날개가 없을까요?

어머니
만일 나에게 날개가 돋혔다면

夕陽이 林檎같이 붉은 하늘을 날아서

둥그란 地球를 멀리 바라보며
옥토끼 기르는 牧童이 되오리다 달나라에 가서…
그리하여 푸른 달밤 피리소리 들려오거든
夕陽에 토끼를 몰고 가며 달나라에서 부는나의 옥퉁소리울 아시오

그런데 어머니
어찌하여 나에게는 날개가 없을까요?

- <날개가 돋혔다면> 전문

　　이 작품은 형식 면에서 총 6연으로 구성되어 있는데, 가상법 과거 - 현재
사실과 반대되는 가상 - 와 같이 보인다. 즉 제 1,4연이 조건절로, 제 2,5연이
귀결절이며, 제 3,6연이 각각 현재의 사실을 반복해서 말해주는 듯하다. 그러
나 의미면에서 두 단락으로 보인다. 제 1연의 내용은 나에게 날개가 있다면
자유스럽게 저 높은 하늘을 마음대로 날아 밤하늘의 별밭을 찾아 별을 지키
는 원정이 되겠다는 것이다. 제 2연에서는, 역시 달나라에 올라가서 옥토끼를
기르는 목동이 되어서 옥퉁소를 불겠다는 내용도 보인다.

　　그러므로, 시에서 강조하고 싶은 것은 지금 '나에게 날개가 없는 것'이
문제인 듯하다. '날개'가 있으므로 해서 시인이 의도하는 세계 즉 '달나라'와
'별나라'에 여행을 마음대로 하여 즐길 수 있으며, 또한 '원정'이 되고 '목동'
도 되어 '옥퉁소'도 불 수 있다는 것이다. 그러나 3,6연에서 말하고 있듯이
'어머니 어찌하여 나에게 날개가 없을까요?'라고 두 번씩이나 반복한 점으로
보아 날개 즉 '자유'가 없음을 한탄하는 것이 보인다. 그 당시 역사적인 현실
에서 자유를 갈망하는 의미가 작품을 통해서 우리에게 증언해 주는 것이다.
여기서 그 당시 역사적인 상황을 소개하기로 한다.

일본인의 탄압 속에서 항일 정신은 더욱 왕성하여 전쟁양식의 행동으로 나타났었다. 그리하여 1926년 순종의 인산을 기회로 6·10만세 사건 그 해 나석주는 우리의 기름진 땅의 피를 긁어먹던 동양척식회사에 폭탄을 던졌으며, 광주학생의거, 1929년에 우카키가 조선총독으로 부임한 이후, 1931년 9월 대륙침공의 첫 걸음인 만주사변을 일으키고, 1931년에 일본은 국제연맹을 탈퇴하여 국내외에 초긴장 상태를 조성하였다. 1929년에 대공황에 휘말린 일본의 정치적, 군사적 정세는 경제공황을 가속화시켰다. 그리하여 우카키 총독은 내선일체의 동화정책을 조성시키는 한편, 자력갱생이니 남면북양인 하여, 저희들의 대륙침공의 병참기지로 만들려고 했다. 1938년에는 일제 파쇼의 거두인 남차랑이 총독으로 부임하여 황국신민화 운동이 강행되고 조선사상 보호 관찰령, 국민적인 총동원령의 강화, 지원병제 및 노무동원제 실시, 창씨제 선포 등으로 일제의 탄압은 극도에 이르렀다. 그리하여 1941년 태평양전쟁 등을 거치면서 경제적 수탈과 문화적 말살을 당하고 민족 말살의 궁지에까지 몰리게 된 것이다.[6]

이러한 상황 아래에 지각을 가진 사람이라면 당시의 암담한 현실에서 굴종이냐 저항이냐의 선택에 직면하지 않을 수 없었을 것이다. 이런 점에서 석정의 경우도 시대에 소속된 사람이라는 것을 간과할 수 없다. 석정 자신이 "나는 시를 이렇게 생각한다."라는 고백에서 다음과 같이 말하고 있음도 마찬가지라는 맥락에서 이해될 수 있다.

오늘의 역사적 상황을 오늘의 시인은 그들이 가지고 있는 카메라의 앵글을 과연 어떻게 돌림으로써 새로운 가치를 발견할 것인가에 문제가 달려 있는 것이다.[7]

---

6) 조용만, 「일제하 한국 신문화 운동」, (정음사, 1975), 2쪽
7) 신석정, 앞의 수필집, 213쪽

이와 같이 시인은 작품 속에서 보편적 가치를 증언하고는 개별적인 것을 말하기 때문이라는 의견과 같다.[8] 그래서 시인은 그 시대의 보편적인 공동의식을 개인의 이름으로 대변한다는 것이다.

그러므로 일제에 항거하는 작품 속에 '자연'이나 '봄'은 적어도 자유와 평화의 저의가 암시된 점을 다른 작품에서도 유추할 수 있는 것이다.

> 파란 하늘에 흰구름 가벼이 떠나고
> 가뜬한 남풍이 무엇을 찾아 내일 듯이
> 강넘어 푸른 언덕을 더듬어 갑니다
>
> 언뜻 언뜻 숲새로 먼 뭇물이 회고
> 푸른빛 연기처럼 떠도는 저 들에서는
> 종달새가 오늘도 푸른 하늘의 먼여행을 떠나겠습니다
>
> ……(중략)……
>
> 임이여 무척 명랑한 봄날이외다
> 이런 날 당신은 따뜻한 햇볕이 되여
> 저 푸른 하늘에 고요히 잠들어 보고싶지 않습니까?
>
> ― <봄의 유혹>에서

이 작품은 「동방평론」 1권 3호 1932년 3월호에 발표된 것으로 제 1연 1행에서 하늘엔 흰 구름이 가볍게 떠있는 정경, 그리고 제 2행에 강건너 푸른 언덕을 넘어 오는 남풍은 그 방향이 북진하여, 저온지대에 새 봄의 소식을

---

8) 아리스토텔레스 (손명현 역), 「시학」, (박영사, 1960), 63 ‑ 64쪽

알려주며, 추운 겨울에 감금당한 생물을 자유스럽게 풀어주는 의미가 보인다.

　제2연에서 '푸른 숲속과 벌'을 생활 근거로 살아오던 종달새가 높은 하늘로 여행을 출발하는 데에도 간과해서는 안된다. 그러면 이 종달새는 푸른 초원과 잔잔한 물가를 출발하여 아무의 간섭이 없는 곳으로 날아가는 방향과 목적지가 명시된 점은 적어도 그 당시의 민족의식이 내포된 듯하다. 그렇기 때문에 현실에서 벗어나 자유스러운 시상을 찾으려는 시인의 의지가 암시되고 있다. 이것은 제2연 3행에서 '오늘도'라고 말한 점으로 뚜렷한 확신과 의지를 드러낸다.

　　　진주같은 별들이 밤하늘을 盛裝하든 것은
　　　벌써 어제밤 이야기가 아닙니까?
　　　글세 그 별들이 또 어느밤 하늘을 성장하기 위하여
　　　작은 새새끼들처럼 포르르 포르르 날어가 버리었을까요?

　　　太陽은 지금 아주 먼 어느 숲속을 건너서
　　　작은 산새새끼들의 보드라운 털을 쓰다듬느라고
　　　아직 한 줄기의 光線조차 大地에 보내주지않는데
　　　한가한 旅行을 무척 좋아하는 저 구름들이 벌서 일어나서
　　　뭉게 뭉게 산을 넘어오지 않습니까?
　　　이윽고 南風이 불면 저 구름은 우리들을 찾아온다 합니다
　　　그려!

　　　당신은 가장 사랑하는 당신의 비둘기들이
　　　지금은 고 작은 보금자리 속에서 노래하고 있지만
　　　저 숲넘어 푸른 하늘을 오고 가는 것으로
　　　그들의 生活은 오늘의 日課를 삼을 것입니다.

여보

얼마나 훌륭한 새벽이요

우리는 幾億萬年을 두고 우리의 生活에서 너무나 오래오래 잊어버리었

다 하는

그 푸른 하늘을 찾으려가지 않으렵니까?

이 시 <훌륭한 새벽이여 오늘은 그 푸른 하늘을 찾으러갑시다>는 「신동아」 제3권 10호(1933. 3)에 발표된 것으로 우선 시의 제목에서부터 그 방향 감각과 시인의 뜻이 비교적 노골적으로 보인다.

제1연에서 '진주같은 별들이 밤하늘을 장식'하고 있는데, 이 별들이 다른 밤을 장식하기 위해 '새새끼들처럼 포르릉 포르릉 날아'가 버렸다. 이 장면은 한 폭의 아름다운 서경을 읊은 것이다. 그 반면에 별이 사라져 상실의 미학을 발견할 수도 있다. 그러나, 이는 다음 단계를 준비하기 위한 보완으로 발전적인 과정임을 예측할 수 있다. 이는 마치 낙엽이 새 봄을 맞이하기 위하여 떨어져 자연의 조화와 순환의 질서로 보여주고 있다.

그리고 제2연에서 아직 날이 새지 않았는데, 여행을 좋아하는 구름이 자연스럽게 움직이는 장면이 보인다. 이 점도 밝은 낮을 준비하기 위한 활동이다. 다음 제3연에서는 비둘기들이 작은 보금자리 속에서 노래하고 있는 시기가 해뜨기 전의 상황이지만 태양이 중천에 떠있을 때의 비둘기들의 일과는 광활한 공간을 자유자재로 날아 다니는 것이 중요한 임무이다. 그러면 제4연에는 앞에서 언급된 내용이 전반적으로 집약되어 있음을 보여 준다. 제2행의 '얼마나 훌륭한 새벽이요'라고 말한 점은 별이 사라지고 뭉개구름이 움직이고 비둘기들이 보금자리를 떠나 하늘을 날아 다니는 활동 등이 '훌륭한 새벽'을 준비하는 것이다. 새벽을 비둘기로 표현하였는데, 이는 자연현상으로 무리없이 진행되는 순리이다. 그리고 이러한 '훌륭한 새벽'은 푸른 하늘

을 찾으러 가자고 표현한 저변에 시인의 의도가 있는 것이다. 새벽 다음은 폭풍우가 쏟아지는 낮이든지 눈이 내리는 경우도 있겠으나, 시인은 맑고 푸른 하늘에 찬란한 태양이 보이는 것을 찾으러 간다는 역동성을 강조하고 있다. 이런 행위의 이면에 우리는 몇 억만년을 두고 일제치하로 보지 못한 조국의 푸른 하늘을 꼭 찾아야 된다는 당위성이 이 작품에서 보인다. 오랫동안 잊어버리고 있었던 조국의 하늘이 우리에게 찾아와 주기를 바라는 것이 아니고 우리가 능동적으로 찾으러 가야 한다고 강조한다. 그래서 밤이 가고 새벽이 오면 새새끼들은 보금자리에서 포르릉 포르릉 날아가는 장면을 소개하고 있다.

이상에서 논술한 바와 같이 날개가 돋혀 푸른 하늘을 마음껏 날아보고 싶은 것, 종달새가 넓은 공간을 마음껏 날면서 율동하는 정경, 비둘기가 보금자리를 떠나 자유자재로 활동하는 것은 가혹한 식민정치의 고통에서 해방되려는 사회적 자유이다. 이런 의미의 작품으로 <아직 촛불을 켤 때가 아닙니다>, <오후의 명상>, 그리고 <푸른 침실> 등이 있다.

Ⅶ 석정시의 시사적 위치 ─────

1. 석정과 다른 시인과의 변별점

석정을 동시대의 다른 시인들과 비교함으로써 석정시의 당대적 위상을 온당하게 자리매김해보는 일은 그에 대한 연구작업이 보다 더 객관적일 수 있다는 확신을 얻기 위함이다.

석정이 활동하던 시기는 일제의 폭압적인 제국주의가 강점하고 있던 시기로, 당시의 문단적 주류는 반제·반봉건의 목적의식을 표방하는 카프의 영향력이 지배적인 시기였다. 그러나, 이에 대한 반발과 일제의 억압적인 문화통치로 인해 많은 문인들이 시대적 상황과 정면으로 부딪치지 못하고 변절과 은둔을 드러내는 상황에서 석정은 시문학파의 시인으로 목가적인 시를 쓰게 된다. 즉 이와 같은 시대적 배경으로 인하여 시사적 필연성으로 등장하게 된 것이 순수문학을 표방한 '시문학파'였다. 시문학파는 1930년대의 사회주의 문학의 주도적인 흐름에 대한 반발로써, 또 험악한 직접적인 충돌을 피하고 순문학적 경향으로 서정시를 이끌어 가려는 태도에서 탄생되어 졌다고 볼 수 있다.[1] 그렇기 때문에 시문학파의 시인들은 예술을 사회, 문화 등의 다른 분야와 구별시켜 순수성을 강조하고 개인의 정서에 치중하여 개인적인 경향의 시를 많이 썼던 것이 사실이다.

이와 같은 시대, 문단적인 배경하에서 석정도 시문학파의 한 사람으로써, 이의 영향을 입게 되었다고 볼 수 있다. 따라서 1930년대 일제 치하의 잔혹한 객관적 현실로 인한 암담한 시대적 상황과 정면부닥침을 불가능으로 생각하였던 석정은 암중모색으로써 현실을 벗어난 곳, 즉 이상향에서의 자연을 동경하게 된다.

이러한 당대의 시대적 배경을 염두에 둘 때 평가의 잣대로 생각할 수 있는 것이 바로 시인의 현실대응 방식이다. 이러한 평가기준을 가지고 몇몇 시인들의 시 속에 나타나고 있는 님과 자연, 그리고 당대의 보편적 주제인 이상세계의 시적 구현 태도가 각각 어떻게 시화되고 있는지 살펴 보는 것이 필요하다.

먼저 시문학파의 주요 시인 중의 한 사람인 김영랑은 한국어의 재래적인 가치를 보존하고 그것을 예술적으로 다듬는 것이 시인의 중요한 임무라고 생각한 시인이다. 그는 당대의 상황의 압력이 너무 거대했기 때문에, 그리고 그 자신의 현실인식의 한계 때문에 보다 적극적인 저항의 길을 걷지 못하고 사라져 가는 한국적인 것의 아름다움 혹은 애잔함을 노래한다.[2] 그는 <모란이 피기까지>에서 자신의 관찰의 주인공으로만 이해하여, 사물과 자아와의 갈등과 싸움을 일방적으로 해소시켜 버리는 시인의 태도를 드러낸다.[3] 즉 그의 세계인식은 항상 슬픔으로 화해, 시적 화자를 통한 긍정적 전망을 보여주지 못한다. 그러나 이러한 현상적 인식에서 한 걸음 더 나아가 그의 시 작품을 텍스트로 놓고 볼 때, 시적 화자의 일방적 관조 내지 합일에 의한

---

1) 정한모, 「현대시론」,(민중서관, 1977), 120쪽

2) 김윤식, 김현, 「한국문학사」, (민음사, 1973), 215쪽

3) 위의 책, 216쪽

슬픔의 어조로 드러내기 때문에 시적 긴장감을 잃게 되고, 그럼으로써 생의 한국적 전통을 노래한 시인이지만 시에 사투리를 도입했다는 평가로 만족하게 되는 것이다.

석정도 영랑과 같은 맥락에서 평가를 받을 수 있는 시인이지만, 그의 초기 시를 중심으로 좀 더 꼼꼼히 분석해 보면 화자와 청자간의 긴장관계 설정, 의문과 의지가 시적 대화의 구조 속에서 주제인 이상향을 추구하는 형식적 특질이 이미 현실적 문제를 내포하고 있는 것이다.

님의 문제에 있어서도 석정은 소월과도 다른 맥락을 가지고 있다. 곧 소월에게서의 자연이 현실적, 역사적 의미를 지닌 님의 부재라는 상황에서 자연과의 동일성 또는 연속성을 회복하려 하는 태도를 취한다면,[4] 석정에게 있어서의 자연적 존재는 항상 상승과 하강의 이미지로서 시적 화자의 현실적 결핍에 대한 이상향에의 욕망을 충분히 매개해 주고 있다는 점이다. 그러므로, 소월의 서정시에 나타난 자연이 항상 '님의 부재'의 자연으로 인식된다면, 석정의 시는 끊임없이 '님의 현현'을 염원하는 질문의 형식을 취하고 있는 것이다. 석정의 시가 후기시로 접어들면서 이러한 주제와 형식적 구조 사이의 유기성이 다소 무너지긴 하지만, 5권의 시집 속에 일관되게 흐르는 특징은 유지되고 있다. 그런 의미에서는 현시성과 은폐성, 단절성과 동일성, 현실성과 초월성으로 파악되는 만해의 '님'에 석정의 '님'이 더 접근하고 있다고 말할 수 있다.

석정의 시는 또한 1930년대 후반, 한국 시사에서 토속어의 독특한 사용으로 또 다른 평가를 받고 있는 백석의 자연과도 구분된다. 백석의 자연은 인간이 주체가 되어 화해롭게 살기를 희망하는 공간으로서의 그것이지만, 현실에

---

4) 문덕수, '김소월 연구' (새문사, 1982), 32쪽

대한 인식과 탐구가 배제되어 나타나는 것이 어린이 화자를 통한 초기시라면, 기행시편을 중심으로 한 후기시들은 체념과 숙명론적 세계관이 주조를 이룸으로써 그의 현실대응양상을 나타내고 있다. 반면, 석정의 자연은 시적 화자의 주제 탐구에 대한 다양한 매개로써의 역할을 담당함으로써 형식적 특질로서의 시적 화자와 의미적 국면으로서의 이상향에의 염원이 적당한 미학적 거리를 유지시켜 주는 역할을 하고 있다.

2. 석정시의 시사적 위치

지금까지 신석정의 시를 초기시집을 중심으로 하여 영향관계, 형식적 특질 - 화자와 청자간에 이루어지는 대화구조 - , 상징체계 등에 관해 살펴 보았다. 특히 신석정의 시를 해방을 전후로 하여 구분할 때, 그 태도에서 다소 변화를 드러내며, 여기에 근거하여 초기와 후기의 구분이 가능하다. 그런데 석정의 시세계는 초기와 후기의 구분과 함께 유기적 관련성을 지니고 있으며 각각의 작품을 통해 전반적 특질과 가치를 형성한다. 뿐만 아니라 그 양식적인 특질에서 보면 해방을 중심으로 하여, 정서의 변화를 수반하는 표현 상의 구분이 가능하다. 이러한 입장을 토대로 지금까지 살펴본 바 석정시의 시사적 위치를 점검해 보고자 한다.

신석정 개인의 영향관계로서만이 아니라 당시 문인들이 보편적으로 받아들일 수 있었던 환경은 먼저 시대적 배경에서 찾을 수 있다. 시인의 문체나 시세계에 앞서 그 의식과 시대적 환경을 무관한 것으로 볼 수는 없기 때문이다. 신석정에게 있어서도 이러한 시대인식은 시의식의 토대를 이루고 있음은 물론이다. 그의 시작 활동을 1924년으로부터 1974년 작고하기 직전까지라고 할 때, 그의 시작 활동은 결코 짧은 시간이라 할 수 없다. 그만큼 많은 변화의 양상을 나타낼 수 있다는 것이다. 다만 신석정 시세계에 일관되게 드러나는 논리적 성격이란 이상향의 설정과 추구라는 것이다.

이상향의 설정은 두 가지의 의미를 지닌다. 하나는 절망적 현실로부터의 극복의지이며, 다른 하나는 이상향으로부터의 구원이다. 석정의 시는 이러한 두 관점으로부터 변모의 근거를 찾을 수 있을 것이다. 초기시는 이상향으로부터의 구원을 기대하는 자세이며, 후기시는 절망적 현실의 직시와 고발이다. 따라서 초기의 시적 화자가 지니는 시각이란 현실의 미력한 내재적 존재로서의 시각이며, 후기의 화자가 바라보는 입장은 현실 밖에 있다. 바꾸어 말하면 초기의 시는 개인적인 자각에서 출발하는 것과는 달리, 후기의 시는 외부 세계에 대한 관찰자의 입장이다. 따라서, 이를 사조적 입장으로 본다면 전기의 시는 낭만주의적 태도로, 후기의 시는 현실주의적 태도로 말할 수 있다.

신석정은 1930년대에 주된 활동을 하였고, 대부분의 평가가 이 시기의 작품을 대상으로 하고 있음은 자칫 영향론적 오류가 발생할 염려를 저버릴 수 없다.

석정의 시가 지니고 있는 가장 규범적인 세계관은 현실과 이상향의 대립이다. 이들 대립은 현실을 부정적으로 바라보는 인식에서 출발하며, 이상향으로서의 지향이다. 즉 이상향으로의 합일을 기대하고 있는 것이다. 그리고 이러한 합일의 의지는 초기시의 맥락을 형성하며 이를 위해 신석정은 현실과 이상향 사이의 매개항을 설정한다. 매개항에 사용되는 것은 상승의 원형적 이미지를 갖는 자연물과 하강의 원형 이미지를 갖는 자연물을 통해서이다. 이때의 상승이란 의지의 표현이며 하강이란 구원의 표식이다.

그러면서도 초기시는 주로 이상향의 묘사에 치중하고 있는데, 이 때의 이상향이란 아무도 가보지 않은 곳이며 절대적 아름다움이 있는 곳이다. 따라서 이에 대한 묘사는 몽환적이며, 의도적이다. 이는 신석정에 의해서 만들어진 이상향이다. 그리고 이상향의 묘사를 위해 쓰여지는 객관적 상관물이란 석정의 경우 자연으로서 대표된다. 이는 다른 시인의 자연 묘사와는 달리, 신석정의 자연은 의도된 자연이며, 만들어진 자연이라는 의미가 된다. 따라서, 그의 초기시는 서정성에 바탕을 두며 현실의 모순을 강조한다. 이는 현대시의 서정적 역할을 담당해야 할 규범적 범위로써 그 가치를 지닌다.

후기시의 특질 역시 초기시의 세계관을 벗어나는 것은 아니다. 현실과 이상향의 이원론적 세계인식은 후기시에서도 마찬가지이다. 그러나 초기시의 화자는 현실이라는 한계 속에서 머물러 있으면서 스스로를 극복하기 위해 이상향의 구원을 갈망한다.

이에 반해 후기시의 화자는 현실로부터 벗어나 있다. 그러나, 완전한 이상향의 세계와 만난 것은 아니다. 새로운 문제의 발견을 맞게 된다. 이는 사회라는 구체적인 현실로 드러나며 이에 대한 고발의 자세를 보인다. 사조적으로 본다면 이는 사실주의의 입장이며 초기시의 서정성으로부터 벗어난 것이라고 하겠다.

시인의 인식이 현실적인 상황과 완전한 별개를 이룰 수는 없다. 오히려 절대로 나뉠 수 없다는 말이 적당하다. 그러나, 그 표현 방식에 있어서도 현실적인 인식이라고 해서 현실에 대한 직설적인 언표활동만이 의미를 지니는 것은 아니다. 문학이라는 예술이 지닌 가능성과 충격의 정도는 매우 다양하며, 이는 창조의 행위인 까닭이다. 신석정의 경우, 일관된 시세계는 자연과 나, 혹은 분열된 자아간의 일치를 목표로 한다. 그러면서도 이렇듯 후기시에서의 양상은 이상향의 모습을 상정하기 보다는 현실을 바라보는 입장을 고수한다.

후기에 와서도 초기와 마찬가지의 구조를 가지고는 있으나, 대상에 대한 화자의 입장을 바꿈으로서 엄밀한 의미의 서정성도, 새로운 시의 형식적 특질도 갖추지 못하고 만 것이다. 오히려 작품으로서의 성과보다는 직설적 전달에서 비중을 느끼게 된다.

VIII 덮으며 ————————————————————

  본 연구는 1930년대 이후 한국 시문학사의 흐름과 함께 꾸준한 시작 활동을 해 온 신석정의 시세계를 고찰해 보았다. 그 결과 신석정은 서정 시인으로 유형화되어야 함은 물론이지만, 전원·목가적 분위기의 순수 서정시인의 면모로서보다는 당대적 진실에 대해 시적 장르로서 의미를 생산코자 노력하였던 시인으로 평가할 수 있다. 이와 같은 이해는 결론적으로 앞에서 논의된 몇 가지 증거를 요약함으로써 인정될 수 있다.

  첫째, 신석정의 현실과 초월세계라는 이원론적 세계관은 그의 교육 과정으로부터 형성된 것이며, 그 내용은 노장과 도연명의 자연, 즉 귀거래 의식으로 집약된다. 다분히 상징적이고 암시적이며 비현실적 세계로의 지향이다. 시 작품에서 이러한 세계관은 근본적인 토태를 형성한다. 여기에 타고르의 종교적 인식, 그리고 만해의 구도적 자세 등이 석정시로 하여금 비현실적 초월세계를 이상향으로 상정하여 낭만주의 시풍이 초기시에서 기본정신을 이루고 있다.

  둘째, 신석정의 시에서 두드러진 특징은 형식적 특질로써 텍스트 내에서 시적 화자와 청자가 말건넴에 귀기울이는 대화적 구조로 되어 있다는 사실이다. 현상적 화자와 청자 사이의 대화구조 속에서 석정시는 극적 긴장감이 가장 잘 표현이 되는데, 이는 현실세계에 존재하는 화자가 이상세계로 가자고 권유하는 청자를 어머니나 소년, 아내, 가족의 구성원을 설정함으로써 텍스트 밖의 실제 독자들에게 친근함을 줄 수 있기 때문이며, 현실세계의 현상적 문제를 화자가 명확히 인식함으로써 저항적 역사의식과 대립된 이상향의 상징이 결코 공소하거나 허황된 관념편향이 되지 않았기 때문이다. 이처럼 현상적 화자·청자 간에 나타나는 시의 대화 구조는 화자의 목소리, 즉 어조가 부드럽고 의문형으로 돼있으며, 경어체의 문장을 활용함으로써 주제가 더욱 고양될 수 있는 것이다. 따라서 신석정의 시에서는 함축적 화자나 함축적 청자만이 드러나는 경우보다 시적 긴장도 및 주제 표현의 밀도가 더 강하다고 할 수 있다.

셋째, 석정시에 있어서의 자연은 주제구현과 밀접한 관계를 맺고 있는데, 이것은 이항대립적 인식틀을 전제로 하고 있다. 상징체계에서도 현실로부터의 일탈과 이상향으로부터의 구원은 각각 상승과 하강, 그리고 동심지향과 모성지향이라는 대비적 체계를 형성하는데 이 역시 이원론적 체계와 이상향으로의 방향성을 제공하려는 시적 장치이다.

넷째, 후기시에서 뚜렷이 드러나는 화자의 목소리는 현실을 바라보는 입장에서 현실의 부정적 양상을 고발적인 어조로 드러낸다. 이는 초기시의 여성적 어조와는 구별되는 것이다. 그럼에도 초기와 마찬가지로 현실과 이상향이라는 이원론적 의식구조에는 변함이 없다. 후기시의 내용으로 보아 부정적인 현실의 대안이 요구됨에도 불구하고 이러한 순수시적 구조의 채택은 시 형식과 의미만을 형성하기에는 미흡한 것이 되어 1950년대 이후 참여시의 경향이 보인다.

다섯째, 신석정은 시문학파의 한 시인으로 1930년대 일제치하의 암담한 현실 속에서 동시대의 다른 시인과 변별되는 독특한 서정시의 세계를 구축한 시인이다. 영랑이 시적 화자의 일방적 관조 내지 합일에 의한 슬픔의 어조를 드러낸 결과, 시적 긴장감을 상실한 반면, 석정은 화자와 청자의 대화적 구조를 통해 현실문제를 내포하면서 이상향을 추구하는 의미구조를 이루어 내고 있다. 또한 백석(白石)의 경우처럼 현실인식이 부재한 동일성의 공간 혹은 숙명론적 세계관을 지양하는 석정의 자연은 시적화자와 의미적 국면으로서의 이상향이 적절한 미학적 거리를 유지하는 매개물로서 존재한다.

그러므로, 신석정의 시세계는 초기시집인 ≪촛불≫과 ≪슬픈 목가≫에 나타나고 있는 바와 같이, 노장사상과 도연명의 귀거래의식으로부터 이상향이라는 초월적 세계를 획득하고 있다. 이와 같은 인식태도는 시의 형식적 특질로서의 대화적 구조와 이항대립적 세계관을 바탕으로 한 상징적 체계의 형성에 이어지고 있다. 석정시는 현실과 이상향이라는 이항대립적 인식을 기초로 동심지향으로서의 화자와 모성지향으로서의 청자를 설정함으로써 합일지향의 궁극적 태도를 원형적으로 제시하고 있다. 따라서 석정시의 세계인식태도가 지니고 있는 독자적인 양상을 후기시에서 보다 초기시에서 그 성과를 획득하고 있다. 그러므로, 신석정은 30년대 서정시인으로서 평가됨이 마땅하다.

참고문헌 ————————————————————

자료

辛夕汀, 촛불, 人文社, 1939, 大志社, 1953, 人文社, 1955.

_____, ≪슬픈 牧歌≫, 扶安 : 浪州文化社, 1947. 大志社, (52년판)

_____, ≪氷河≫, 正音社, 1956.

_____, ≪대바람소리≫, 文苑社, 1970.

_____, ≪山의 서곡≫, 全州 : 嘉林出版社, 1967.

_____, ≪蘭草잎에 어둠이 내리면≫, 知識產業社, 1974.

_____, ≪슬픈 牧歌≫, 삼중당문고 211, 1975.

_____, ≪촛불(수필집)≫, 凡友社, 1979.

표현문학회 (편), ≪표현≫ 제9권, 표현문학회, 1985.

전주문학회 (편), ≪노령≫ 제33호, 전주문화원, 1985.

석정문학회 (편), ≪신석정 대표시 평설≫, 석정문학회, 1986.

논 문

김광수, '신석정 시연구', 국민대 대학원, 1983

김기림, '1933년 시단의 회고' 시론, 백양당, 1949

_____, '모더니즘의 역사적 위치', 인문평론 창간호, 1939

김대행, '現代詩의 韻律的 位相', 先淸語文 5집, 서울사대 국어학과, 1974

김동준, '한국 시가의 운율구조론', 한국학연구 2집, 동대, 1977

김민성, '백목련 그늘 밑에서', 신석정 대표시 평설, 유림사, 1986

김상태, 'Threau와 석정의 대비적 고찰', 전북대 교양과정부 논문 12집, 1974

김석산, '韻律論 硏究의 最近動向', 언어와 언어학 2집, 외국어대, 1974

김순옥, '신석정 연구', 숙명여대 대학원, 1984

김 억, '詩形의 韻律과 呼吸', 태서문예신보, 1919

김완규, '한국문학가에 나타난 자연과 그 표현의 진화', 청구대 논문집 2,3호,
         1959 - 60

김윤식, '신석정론', 시문학 97호, 1979.8

김정숙, '한국 시가의 율격 연구', 국어국문학 25호, 국어국문학회, 1962

김현자, 한국현대시의 시적화자 연구 - 박목월 시를 중심으로, 한국 문화연구원
         논총 제48집, 1986

김흥규, '한국시가 律格의 理論 I', 민족문화연구 13집, 고려대, 1978

노래찬, '신석정과 자연', 부산사대 논문집 6집, 1979

류중하, '김현승과 신석정의 후기시 비교 연구', 홍익어문 3집, 1984

류태수, '신석정에 있어서 전원의 의미', 한국현대시사연구, 일지사, 1978

문두근, '신석정시에 나타난 자연의 의미', 건국대 대학원, 1981

민병기, '신석정의 시사적 의미', 국어국문학 95호, 1986.5

박준규, '송강의 자연관연구', 전남대 용봉논문집, 1979

박철희, '현대시와 서구적 사상', 한국현대시사연구, 1980

성기옥, '율격', 시론, 현대문학사, 1989

송하선, '석정시의 참여론에 대한 재고', 전주우석대논문집 2집

신동욱, '한국서정시에 있어서 현실의 이해', 민족문화연구 10호, 1976

신석정, '한국의 현대시' 자유문학, 1960. 5

_____, '신석정과 참여의 방향', 문학사상, 1972.10

_____, '상처입은 작은 여정의 회고', 문학사상, 1973.2

신용협, '한국시에 있어서 평화지향적 경향', 심상, 1981.6

_____, '신석정연구', 충남대 인문과학논문집 9권 2집, 1982.12

오택근, '신석정의 전반기 작품에서 밤의 의미', 시문학 116 - 117호, 1981.3 - 4

유윤식, '시문학파연구', 한양대 대학원, 1988

윤경식, '신석정론 - 난초를 중심으로 - ', 현대문학, 1975.5

＿＿＿, '석정시의 전원생활 - 도연명과 노장의 영향 - ', 월간문학 1978.1

이기반, '신석정의 제재 - 후기시에서 본 산과 식물 기타 - ', 한국언어문학 17,18, 1979.12

＿＿＿, '신석정의 자연시에 나타난 서정성', 김영준화갑논총, 1980

이병훈, 신석정의 인간과 문학세계, 표현 9집, 1985

＿＿＿, '태산목의 꿈', 신석정 대표시평설, 유림사, 1986

이재철, '신석정론', 한국현대시작품론, 문장사, 1981

이정화, '석정의 초기시에 나타난 자연관 고찰', 경기어문학 1집, 1980.12

이옥정, '신석정연구', 한양대 대학원, 1982

장만영, '석정의 시', 한국현대시 요람, 박영사, 1974

정순영, '신석정론', 건국대 대학원, 1976.2

정재완, '한국의 현대시와 어조 - 가상적인 화자와 청자의 설정을 중심으로 - ', 한국언어문학 14집, 1976

정태용, '신석정론', 현대문학 147호, 1967.3

조병춘, '신석정의 시', 한국현대시사, 집문당, 1980

조용란, '신석정연구', 동국대 대학원, 1977

＿＿＿, '신석정론', 현대시인론, 형설출판사, 1979

조찬일, '신석정의 자연시 연구', 한국외국어대 교육대학원, 1984

최승범, '목가세계의 모성에의 회귀', 한국현대시평설, 문학세계사, 1983

허소라, '신석정연구', 한국언어문학 14집, 1976

＿＿＿, '신석정의 향방', 신석정대표시평설', 1986

허형석, '신석정연구', 고려대 교육대학원, 1975

＿＿＿, '신석정 시에 나타난 산의 연구', 군산수전연구 12집, 1978

＿＿＿, '신석정연구', 경희대 대학원, 1988

황송문, '신석정의 산중문답', 한국문학 123호, 1984.1

_____, '신석정시연구', 홍익대 교육대학원, 1987.6

저 서

김기림, 시론, 백양당, 1947

김근수, 한국잡지 개관 및 호별목차집, 중앙대출판국, 1973

김남석, 신정신론, 현대문학사, 1972

김대행, 音律論의 問題와 視覺, 문학과지성사, 1984

_____, 『운율』, 문학과지성사, 1984

_____, 한국시가 구조연구, 삼영사, 1976

김시태, 현대시와 전통, 성문각, 1978

_____, 문학과 삶의 성찰, 이우출판사, 1984

김열규, 한국의 신화, 일조각, 1976

김용직, 한국근대시사, 새문사, 1983

김우창, 궁핍한 시대의 시인, 민음사, 1977

김윤식, 한국근대작가연구고, 일지사, 1974

_____, 한국현대시론비판, 일지사, 1976

_____, 우리 문학의 깊이와 넓이, 서래헌, 1979

_____, 한국근대문학사상사, 한길사, 1981

김종길, 시론, 탐구당, 1970

김재홍, 시와 진실, 아우출판사, 1984

김해성, 한국현대시인론, 진명문화사, 1974

김현승, 한국현대시해설, 관동출판사, 1972

노재찬, 한국근대문학논고, 삼영사, 1979

문덕수, 현대한국시론, 성문각, 1975

_____, 세계문예대사전, 성문각, 1976

_____, 한국모더니즘시연구, 시문학사, 1981

_____, 현대시의 해설과 감상, 이우출판사, 1982

박이문, 노장사상, 문학과지성사, 1980

박두진, 한국현대시인론, 일조각, 1970

박철석, 한국현대시인론, 학문사, 1981

박호영, 한국시문학의 비평적 탐구, 삼지원, 1985

백철, 한국신문학사, 박영사, 1975

서우석, '시와 리듬', 문학과지성사, 1987

서정주, 한국의 현대시, 일지사, 1965

_____ 외, 현대시인론, 형성출판사, 1979

송욱, 시학평전, 일조각, 1969

신석상, 신석정평전, 동천사, 1984

오세영, 한국낭만주의시연구, 일지사, 1980

_____, 현대시와 실천비평, 이우출판사, 1983

유테수, 한국현대시사연구, 일지사, 1987

윤경수, 한국문학의 현장의식, 지문사, 1984

윤재근, 만해시와 주제적 시론, 문학세계사, 1983

이건청, 한국전원시연구, 문학세계사, 1986

이기반, 한국현대시연구, 청문각, 1981

이승원, 근대시의 내면구조, 새문사, 1988

이승훈, 시론, 고려원, 1979

_____, 한국시의 구조분석, 종로서적, 1987

정재완, 한국현대문학의 연구, 청록출판사, 1980

정한모, 한국현대시문학사, 일지사, 1975

_____, 한국대표시평설, 문학세계사, 1983

조병춘, 한국현대시사, 집문당, 1980

조연현, 한국현대문학사, 성문각, 1969

조남익, 현대시해설, 세운문화사, 1978

채규판, 한국현대비교시인론, 탐구당, 1983

채수영, 한국현대시의 색채의식, 집문당, 1987

최동호, 현대시의 정신사, 열음사, 1985

최원규, 한국현대시론고, 예문관, 1985

허소라, 한국현대작가연구, 유림사, 1983

황희영, 운율연구, 형설출판사, 1969

홍정운, 신념의 언어와 예술의 언어, 오상사, 1985

외국논저

장자 (김동성 역), 장자, 을유문화사, 1966

노자 (노태준 역), 도덕경, 홍신문화사, 1986

G. 바슐라르 (이가림 역), 물과 꿈, 문예출판사, 1980

N. 프라이 (임철규 역), 비평의 해부, 한길사, 1982

W. 부우드 (최재석/이경우 역), 소설의 수사학, 한신문화사, 1987

W. 카이저 (김윤섭 역), 언어예술작품론, 1986

Altenberned, L. & Lems, L. L. A Handbook for the Study of Poetry. 1972

Brooks, C. & Warren, R. P. Understanding Poetry. U.S.A, 1960

Chatman, S. Story and Discourse, Cormell University Press, 1978

Eliot, T. S. The Use of Poetry & Criticism, 1978

_____, Selected Essays, London : Faber & Faber Co LTD, 1980

Jakobson, Roman, Closing Statement : Linguistics and Poetics, Style in Language,
            ed. Thomas A. Sebdek, The M.I.T. Press, 1960

Richards, I. A. Principle of literature Criticism, London, 1926

_____, The Philosophy of Rhetoric, New York : Oxford Univ. Press, 1965

Maglida, P. R. Phenomenology and Literature, Perdue University Press. 1977

Wellek, R. & Warren, A. Theory of Literature, Penguin Book, 1970

C. G. Jung, The Archetypes and the Collective Unconscious, Princeton University
Press, 1975

신석정 연보 ────────────────────

1907년 7월 7일 (음), 전북 부안군 부안읍 동중리에서 한의원 辛基溫과 李允玉
     의 차남으로 출생. 寧越 辛氏, 本名 錫正, 雅號 夕汀.

1918년 4월, 부안 공립 보통학교 입학.

1924년 3월, 부안 공립 보통학교 졸업.

1924년 4월 19일, ≪조선일보≫에 시 <기우는 해>를 蘇笛이란 아호로 발표.

1924년 5월, 夕汀보다 두 살 아래인 전북 김제군 만경면 출생인 朴姓女(후일
     小汀으로 개명)와 결혼

1925년 5월 31일, ≪조선일보≫에 <옛성터를 다시 밟고>를 소적으로 발표.

1925년 11월 13일, ≪조선일보≫에 <離國者의 노래> 발표.

1925년 11월 18일, ≪조선일보≫에 <가을 밤> 발표.

1925년 12월 8일, ≪조선일보≫에 <어린 때 그 마음> 발표.

1925년 12월 9일, ≪조선일보≫에 <밤!> 발표.

1925년 12월 24일, ≪조선일보≫에 <기다림> 발표.

1926년 2월 2일, ≪조선일보≫에 <바다와 山> 발표.

1926년 2월 7일, ≪조선일보≫에 <그것이나 아느냐> 발표.

1926년 3월 1일, ≪조선일보≫에 <그것이 딴 나라> 발표.

1926년 3월 7일, ≪조선일보≫에 <헐려지는 客숨>를 夕汀으로 발표.

1926년 3월 11일, ≪조선일보≫에 <헤메이는 등불> 발표.

1926년 3월 15일, ≪조선일보≫에 <失題>발표.

1926년 3월 18일, ≪조선일보≫에 <낚시질> 발표.

1926년 4월 1일, ≪조선일보≫에 <사람이 되지> 발표.

1926년 4월 2일, ≪조선일보≫에 <떠나고 싶다> 발표.

1926년　4월 19일,　≪조선일보≫에 <흙에서 살자> 발표.

1926년　4월 20일,　≪조선일보≫에 <종소리> 발표.

1926년　6월 19일,　≪동아일보≫에 <옛들>을 胡星으로 발표.

1926년　6월 23일,　≪조선일보≫에 <작란감 배> 발표.

1926년　6월 24일,　≪조선일보≫에 <나의 靈> 발표.

1926년　6월 25일,　≪조선일보≫에 <오날을 내여 버리자> 발표.

1926년　6월 25일,　≪동아일보≫에 <삶과 뜀> 발표.

1926년　6월 26일,　≪조선일보≫에 <녯돌> 발표.

1926년　6월 27일,　≪동아일보≫에 <마음의 짐> 발표.

1926년　7월　2일,　≪동아일보≫에 <열매없는 꽃> 발표.

1926년　7월 11일,　≪동아일보≫에 <손과 가슴> 발표.

1926년　7월 12일,　≪동아일보≫에 <새길> 발표.

1926년　7월 13일,　≪동아일보≫에 <조선의 집> 발표.

1926년 10월　3일,　≪동아일보≫에 <바다로 가자> 발표.

1926년 10월　4일,　≪동아일보≫에 <풀잎의 노래> 발표.

1926년 10월 10일,　≪동아일보≫에 <노래하자> 발표.

1926년 10월 11일,　≪동아일보≫에 <나의 마음> 발표.

1926년 10월 17일,　≪매일신보≫에 <空想의 바다> 발표.

1926년 10월 17일,　≪동아일보≫에 <살고 싶다> 발표.

1926년 10월 18일,　≪동아일보≫에 <가을 잎> 발표.

1926년 10월 19일,　≪동아일보≫에 <내일이 오면> 발표.

1926년 11월　1일,　≪동아일보≫에 <힘의 창조> 발표.

1926년 12월　1일,　≪동아일보≫에 <새벽> 발표.

1926년 12월 10일,　≪동아일보≫에 <世者의 노래> 발표.

1927년　3월, 장남 孝永 출생.

1927년　3월 6일,　≪中外日報≫에 <바다의 노래>를 胡星으로 발표.

1927년　3월 25일,　≪중외일보≫에 <黃昏의 노래>를 胡星으로 발표.

1927년 3월 26일, ≪중외일보≫에 <天涯行> 발표.

1927년 3월 28일, ≪조선일보≫에 <그 마음으로 살자> 발표.

1927년 3월 29일, ≪조선일보≫에 <創造의 悲劇> 발표.

1927년 3월 30일, ≪조선일보≫에 <비> 발표.

1927년 3월 31일, ≪조선일보≫에 <꿈> 발표.

1927년 4월 9일, ≪중외일보≫에 <出帆의 노래>를 胡星으로 발표.

1927년 6월 7일, ≪조선일보≫에 수필 <沙場의 순간> 발표.

1927년 7월 2일, ≪중외일보≫에 <아침의 모도곡>을 石汀으로 발표.

1927년 8월 12일, ≪중외일보≫에 <무제 2수> 발표.

1927년 8월 23일, ≪중외일보≫에 <가을의 노래>를 杪欐로 발표.

1927년 9월 30일, ≪중외일보≫에 <해변의 옛꿈>을 杪欐로 발표.

1927년 9월 31일, ≪동알일보≫에 <해변에서> 발표.

1927년 10월 25일, ≪동알일보≫에 <世紀의 노래> 발표.

1927년 11월 6일, ≪동알일보≫에 <무제>를 杪欐로 발표.

1928년 2월, ≪新生≫誌 2월호에 <아! 그 꿈에서 살고 싶으라> 발표.

1928년 4월 8일, ≪新生≫誌 4월호에 <短詩 三章> 발표.

1928년 4월 8일, ≪新生≫誌 4월호에 <短詩> 발표.

1928년 4월 8일, ≪新生≫誌 4월호에 <無題> 발표.

1928년 6월 1일, ≪동알일보≫에 <해변에서> 발표.

1928년 6월 1일, ≪동알일보≫에 <합창> 발표.

1928년 6월 15일, ≪동알일보≫에 <지구, 기타> 발표.

1928년 11월 18일, ≪동알일보≫에 <투어, 기타> 발표.

1928년 11월 19일, ≪동알일보≫에 <無題 5篇> 발표.

1928년 12월 23일, ≪동알일보≫에 <물결 이야기> 발표.

1929년 1월 30일, ≪동아일보≫에 <선물> 발표.

1929년 1월 25일, ≪동아일보≫에 <향수> 발표.

1929년 2월 4일, ≪동아일보≫에 <題없이> 발표.

1929년 11월, 차남 涕永 출생.

1929년 11월 3일, ≪동아일보≫에 <어머니! 그 염소가 웨> 발표.

1930년 3월 5일, 中央佛敎專門講院 石顚 朴漢永 문하에서 佛典硏究.

1930년 가을, 院生들의 回覽誌 ≪圓線≫을 編輯.

1931년 8월, ≪東光≫誌 8월호 (제2권 8호)에 <임께서 부르시면> 발표.

1931년 10월 10일, ≪詩文學≫誌 3號에 詩 <선물> 발표.

1931년 10월, ≪東光≫誌 10월호 (제3권 10호)에 <그 꿈을 깨우면 어떻게 할까
   요> 발표.

1931년 10월 11일, ≪매일신보≫에 <시든 꽃 한 묶음>을 釋靜으로 발표.

1931년 11월 中央佛敎 專門講院 ≪起信論≫ 終講後 부안으로 귀향, 이어서
   부안군 동진면 면서기 근무.

1932년 1월, ≪文藝月刊≫誌 3號에 <나의 꿈을 엿보시겠습니까> 발표.

1932년 1월, ≪三千里≫誌 24號에 <봄이여! 당신은 나의 침실을 지킬 수 있습
   니까> 발표.

1932년 12월, 장녀 一林 출생. ≪新生≫誌 48號에 <아! 그 꿈에서 살고 싶어라>
   발표.

1933년 12월, ≪文學≫誌 創刊號 <너는 비둘기를 부러워 하드구나> 발표.

1934년 12월, ≪文學≫誌 2號에 <고요한 물도 흘러 가겠지> 발표.

1934년 4월, ≪文學≫誌 3號에 <산으로 가는 마음> 발표.

1935년 2월 10일, ≪詩苑≫誌 創刊號 <나는 어둠을 껴안는다> 발표.

1935년 6월, 차녀 蘭 출생.

1938년 1월, 3남 光淵 출생.

1939년 식량 영단 근무.

1939년 12월 30일, 處女詩集 ≪촛불≫을 人文評論에서 發行.
   서울 「경성그릴」에서 출판 기념회.

1941년 3월, 3녀 小淵 출생.

1943년 10월, 4녀 葉 출생.

1945년　4월, 부안여중, 죽산중학교, 부안 중학교 국어과 교사 근무.

1947년　7월 25일, 제2시집 ≪슬픈 牧歌≫를 浪州文化社 發行.

1948년　7월, 4남 光漫 출생.

1950년　6월 25일, ≪태백신문≫ 편집 고문으로 근무.

1954년　4월, 전주고등학교 국어과 교사 근무. (향후 7년간)

　　　　中國詩集 (對譯) 정양사 발행.

1955년　3월, 전북대학교 文理大 강사 ≪詩論≫ 강의

1956년　11월 30일, 제3시집 ≪永河≫를 正音社에서 發行.

1958년　4월 30일, ≪名時調鑑賞≫ (李秉岐共著) 博英社에서 發行.

　　　　6월　5일, ≪梅窓詩集≫ (對譯) 浪州文化社 發行.

1958년　12월 31일, 전라북도 문화상 (문학부문) 수상.

1959년　4월 20일, ≪韓國詩人全集≫ (제5권)에 金永浪・朴龍喆과 같이 시작

　　　　품 수록됨. 新丘文化社 發行.

1960년　향후 전라북도 문화상 심사위원.

1961년　향후 3년간 김제고등학교 국어과 교사 근무.

1963년　향후 전주상고 국어과 교사 근무.

1963년　향후 한국문인협회 전북 지부장 역임.

1965년　6월 전주시 문화상 수상.

1967년　향후 2년간 예총 전북 지부장 역임.

1967년　10월 30일, 제4시집 ≪山의 序曲≫을 嘉林出版社에서 發行.

1968년　한국문인협회로부터 한국문학상 수상.

1969년　12월 29일, 전주시 다가공원에 세운 「가람 詩碑」의 건립 위원 역임.

1970년　11월 30일, 제5시집 ≪대바람 소리≫를 한국시인협회에서 발행.

1972년　9월　1일, 문화포장 수상.

1973년　10월 20일, 한국예술문학상 수상.

1974년　7월　6일, 고혈압으로 별세, 전북 임실군 관촌면 신월리에 안장.

1974년　7월 20일, 유고 수필집 ≪蘭草잎에 어둠이 내리면≫, 知識産業社 발행.

1975년 11월 15일, 辛夕汀 ≪슬픈 牧歌≫ (시선집), 三中堂 文庫 발행.
1976년 7월 6일, 전주시 덕진공원에「辛夕汀詩碑」건립.
1979년 10월 1일, 辛夕汀 ≪촛불(유고수필집)≫ 범우에세이91 발행.

오택근

고려대(석사), 한양대 대학원수료(문학박사)
현재 안양대학교 인문대학 국어국문과 교수, 문학평론가

저서 : 「현대 작가 연구」, 「개화기 문학 연구」, 「문장 이론 연구」
논문 : 「신석초 시 연구」, 「김춘수론」 등 다수

신석정 문학 연구

인쇄일	초판 1쇄 2003년 11월 7일
발행일	초판 1쇄 2003년 11월 21일

지은이	오택근
발행인	정찬용
발행처	**국학자료원**
등록일	1987.12.21, 제17-270호

총 무	한만근, 박아름, 김은영
영 업	황태완, 한창남, 김덕일, 염경민
편 집	이인순, 정은경, 조현자, 박애경
인터넷	정구형, 박주화, 강지혜, 김경미
제 작	김태범
인 쇄	박유복, 조재식, 서명욱, 한미애, 강주람
물 류	정근용, 최춘배

서울시 강동구 암사동 462-1 준재빌딩 4층
Tel : 442-4623～4, Fax : 442-4625
www.kookhak.co.kr
E - mail : kookhak2001@daum.net
hankookhak@empal.com

ISBN 89-541-0137-2 93810
가 격 12,000원